月球土地契約證書

所有權人：（請簽名）

開發單位：**烏拉諾宇宙星球公司**

坐落：**月球**　　**號**（請自選幸運數字）

發行人：OURANOS

編號：010015-＿＿＿＿＿＿＿＿

（請加以上所選坐落號）

地目：許願基地。

面積：一英畝。（月球人人平等，每人限擁有一戶號）

注意事項

◎本公司擔保無一地數賣、被他人佔用或佔用他人土地及其他糾葛事項，獲贈的讀者可將產權移轉他人或捐贈慈善機關，但不得從事建屋、轉售等任何投資商業行為。

◎目前本公司會員已超過三百萬人，待地球與月球完成銀河隧道，兩星球可自由進出之日起，即可前往參觀土地。但須先申請加入歐洲太空總署太空人組織，方可購買輻射防護衣及預約太空船票卡。

OURANOS UNIVERSAL PLANET COMPANY

侯文詠

帶我去月球

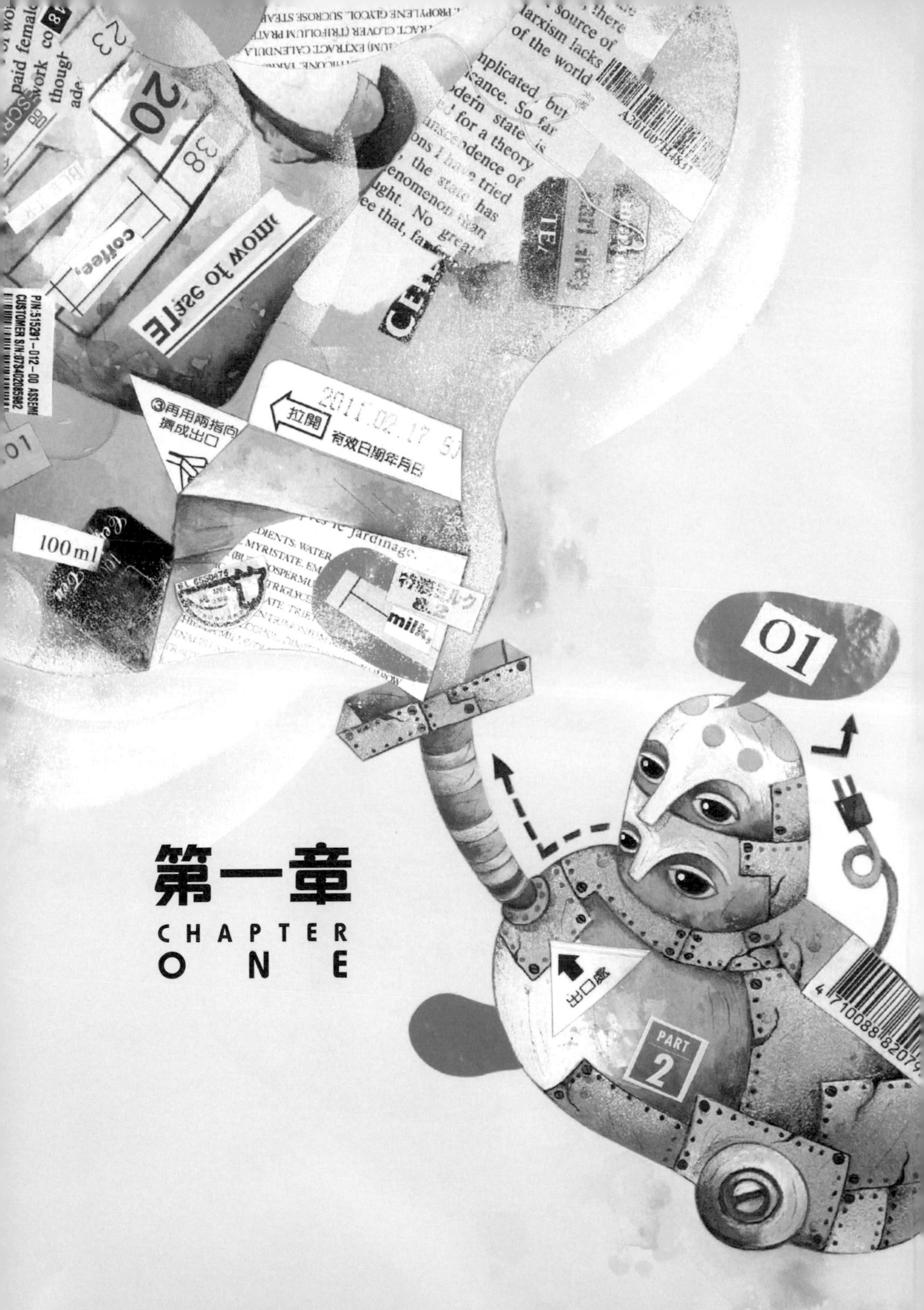

第一章

CHAPTER ONE

不要結婚，要不然會變成豬。
就算結婚了，心裡一定要保持未婚，
才不會變成豬啊！
女人沒嫁人是禮拜五晚上，
充滿了無限的可能和想像。
一旦嫁了人，變成了禮拜六。
生了三個孩子，就是禮拜天……

1

就像平常放學下課一樣，那天回到家門口，我發現自己又忘了帶鑰匙，於是我開始按電鈴。這時，發生了一件很不平常的事。

來開門的媽媽不但沒有碎碎唸我沒帶鑰匙，竟然還用高八度的聲音，青春洋溢地對我說著：「啊，歡迎回家。」說完，還給我一個擁抱。

光是這樣已經很意外了，更令人意外的是擁抱完媽媽放開我之後，我看到的景象。

我不想用「驚嚇」來形容我的感覺，但不管如何，我情不自禁地後退了一步。

「媽?!」

「怎麼了？」媽媽問。

在我面前這個媽媽，頂著一頭挑染的大波浪髮型，穿著一件細肩帶連身短裙。這件衣服不但上面露出了事業線，一層一層縐摺的裙子也短得不能再短。

「怎麼樣，」媽媽得意地說：「媽媽年輕勁爆的新造型，不錯吧？」

老實說，這樣的「年輕勁爆」讓我聯想到的是開學時，校長帶著許多歐巴桑老師穿著芭蕾舞衣，在舞台上大跳「天鵝湖」歡迎我們的模樣。

我一句話都說不出來。只看到我弟弟小潘和妹妹全站在媽媽身後，對我不斷地眨眼睛。

「怎麼了？」媽媽問。

看著妹妹、小潘一直對我搖頭的模樣，我立刻明白他們一定吃過了一些苦頭。於是我很機警地裝出若無其事的樣子。

「沒事。」我說。

我試圖往房間的方向移動，但是事情似乎沒有想像中那麼容易就能擺脫。

沒多久，我、小潘和妹妹就全被請到餐廳喝下午茶了。

「你們都聽過華盛頓砍倒櫻桃樹的故事吧，這個故事告訴我們什麼啊？」媽媽問。

天啊，又來了。從小到大，同樣的開場白，我們不知聽過了多少次。

「什麼啊？」媽媽又問了一次。

「誠。實。」我們異口同聲地配合演出。

「很好，很好，接下來我要做個小小的民意調查，這個調查會成為我很重要的參考，所以我希望你們一定要誠實的回答……」

平常我其實是很誠實的人，可是過去的經驗讓我學會的是：

每當媽媽說出這個開場白時，接下來的問題一定要非常小心回答——學習華盛頓誠實的精神，並不意味著一定會得到和華盛頓同樣的待遇。

「好，現在大家都閉上眼睛。」媽媽說。

大家都閉上眼睛。

黑暗中，我聽見媽媽的聲音說：「我要你們憑著自己的良心，誠實地告訴我，你們覺得媽媽今天的新造型好不好看？覺得好看的請舉手。」

我用力地感覺了一下我的良心。良心表示很不安。

我偷偷打開眼睛，透過細縫，觀察一下別人的良心。

我先是看見妹妹高高舉起的手，繼續轉頭，又看到了小潘輕輕舉起的手，繼續轉頭，看到的是媽媽一張嚴肅的臉，正用著銳利的眼神瞪著我，嚇得我連忙閉上眼睛。

一切又回到一片黑暗了。

「大潘，」媽媽問我：「你覺得好看不好看啊？」

黑暗中，我看不見自己的良心，也看不見自己慢慢舉起來的手。

「很好。」媽媽的聲音聽起來很滿意，「現在可以睜開眼睛了。」

我睜開眼睛。

神奇的是，剛剛媽媽那張嚴肅的臉像雲煙般地消失了，取而代之的是一張充滿盈盈笑意的臉。差別之大，到了連我都不得不懷疑剛剛我所偷看到的一切，會不會只是一場惡夢。

★

媽媽之所以會有這些「不平常」的舉止，多少要拜她們即將召開的畢業十五年大學同學會之賜。

媽媽身上穿的那件性感的細肩帶連身蛋糕裙是今年過生日時，爸爸請莉莉阿姨帶媽媽去百貨公司挑選的生日禮物。基於我們不太明白的理由，這件生日禮物，自從買回來之後，媽媽從沒在我們面前穿過。

至於媽媽那頭挑染的波浪頭，則是在媽媽的大學死黨莉莉阿姨和靜心阿姨的慫恿下，請莉莉阿姨的髮型設計師幫她做的造型。

可以猜想，媽媽第一眼在髮型雜誌上看到這個造型一定會說：「這個造型好嗎？好像不太適合我。」

阿姨們肯定會說：「不會啊，妳看這個模特兒這樣很好看啊。」我敢打賭模特兒的年紀一定不會比我大太多。

媽媽一定半信半疑地又問：「可是，這好像不太適合我這個年紀。」

莉莉阿姨一定說：「不會啊。拜託，都什麼年代了？誰還規定什麼年紀可以怎樣，不能怎樣？」

當然，當模特兒的靜心阿姨一定也忙著敲邊鼓說：「玟玟，妳幹嘛這麼妄自菲薄呢？幾年前妳還是全校的校花呢。妳看看妳……以妳的年紀，身材還維持得很好啊，妳只要稍微打扮打扮，誰猜得出來妳生過小孩呢？」

我敢打賭，十之八九這些對話一定是這樣的。

等媽媽被洗腦洗得差不多了，莉莉阿姨就千辛萬苦地替她約時間，外帶幫媽媽殺價，帶著她去做造型。

媽媽坐上髮廊的刑椅時，髮廊小姐一定塞給她一本雜誌。然後就在我媽媽翻著雜誌時，設計師就用力地剪啊剪、梳呀梳、燙呀燙的。等媽媽把雜誌翻得差不多時，事情也變得無可挽回了。媽媽一定看了看鏡子上的自己，又看了看髮型雜誌上的模特兒，很沒信心地說：「看起來好像跟雜誌的感覺不太一樣喔？」

當然感覺不太一樣。因為那些模特兒多半比我年紀大不了多少。因此，儘管髮型是一樣的，但因為臉型不同、皮膚不同，感覺當然就會有一些出入。就好像李冰冰、范冰冰還有白冰冰，其實是完全不同的道理那麼簡單。

但莉莉阿姨一定告訴媽媽說：「哪裡，根本就是一模一樣。」然後靜心阿姨又會接著補上一句：「我早就說過了，這種青春俏麗的髮型最適合玟玟了。」

於是，事情就變成我們看到的這樣了。

★

總之，過了沒多久，如同平常一樣，我們聽到爸爸在門口按電鈴的聲音。

儘管打開門時，爸爸看到媽媽的表情比我鎮定很多，但我猜想他一定沒有認真想過：為什麼小潘、妹妹和我要如此冒著生命的危險，對他不停擠眉毛弄眼睛？否則他不會第一句話就問媽媽：

「發生了什麼事，妳怎麼把自己弄成這樣？」

「弄成怎樣？」媽媽反問。

這是一個逃生的機會，可是爸爸完全沒意會過來。他一錯再錯，開口第二句話竟然是：「妳不會一直像這樣這樣吧？」

「像這樣是怎樣？」

爸爸沉默了三秒鐘，總算有點開始感覺到事態嚴重了。

「沒怎樣。」他說。

「剛剛不是說弄成『這樣』嗎？」媽媽繼續追問：「為什麼又變成『沒怎樣』？」

「這樣就是沒怎樣。」

「這樣怎會是沒怎樣？」媽媽問：「這樣到底是怎樣？」

「這樣就是怎樣，」爸爸說：「怎樣就是沒怎樣。」

「不要跟我繞口令，」媽媽說：「怎樣就是怎樣，怎樣不是沒怎樣。」

事情是這樣開始的。

於是，從爸爸走進客廳開始，我就彷彿看見了一朵超級大烏雲，飄啊飄地，飄到了媽媽臉上，覆蓋住了我們家全部的天空。

吃飯時，那朵雲在飯桌上，吃完飯在客廳看電視時，那朵雲就在我們坐著的沙發上，如影隨

形。

一直到電視新聞結束，我們家其實已經「山雨欲來風滿樓」了，可是爸爸還是堅持他的看法。

「你不覺得這樣很好看嗎？」

「我可以不回答這類的問題嗎？」

「還是，你覺得很難看？」

「我可沒有這樣說。」

「你要是不覺得難看，你就說好看就好了嘛。」

本來我爸爸如果繼續這樣賴皮下去，他是有機會逆轉勝的。可是他在緊要關頭犯了一件全天下男人很容易就會犯的錯誤。那就是：不小心被激怒，說出了實話。

他說：「明明不好看啊，教我怎麼說呢？」

於是，就這樣，他們開始吵了起來。

「我不懂，」媽媽問：「你為什麼不能多鼓勵，少批評呢？」

「我只是誠實的表達心裡的話啊，難道說這個家連表達意見的自由也沒有嗎？」

「這件事，這個家所有的人都有表達意見的自由，就獨獨只有你沒有資格。」

「我倒要知道，為什麼我沒有資格？」

「因為這件衣服，就是你拜託莉莉陪我去買的生日禮物。你聽過有人在批評自己送給老婆的生日禮物嗎？」

「喂，可是妳要我誠實說出心裡的話的。全家只有我一個說實話……」

媽媽說：「什麼叫全家只有你一個人說實話，別人說的都不是實話？」

爸爸說：「不然再問他們一次。」

天啊，我心想，不要吧。

媽媽說：「你好意思再問他們一次，你問啊。」

沉默持續了一會兒。

媽媽又說：「我告訴你，你太老古板，你的美學標準完全落伍了。」

「我的美學標準落伍？好，我請教妳，除了剛剛舉手的人之外，妳隨便說一個人，誰會喜歡妳現在這樣——」爸爸做了一個智障的表情，「的美學標準？」

「莉莉。」

「莉莉不算。莉莉比妳更智障，」爸爸又做了一個更誇張的智障表情，「除了莉莉，妳說啊，還有誰？」

「靜心。」媽媽說：「靜心就這樣穿。」

「靜心根本就是白癡。」

「你說靜心白癡，我問你，白癡為什麼有那麼多人追？」

「因為追她的男人都是白癡。」

「是啦，追她的男人都是白癡，有上市公司的董事長、有大學教授，還有市議員……大家都是白癡，只有你最聰明啦。」

沉默了一會兒，爸爸說：「妳有沒有想過，妳已經是三個孩子的媽了。」

「三個孩子的媽又怎麼樣？我的身體是我的，我愛怎樣就怎樣，不行嗎？為什麼我穿什麼衣服、剪什麼髮型、穿什麼鞋子，都要你規定？」

「我哪有規定妳？拜託，是妳問我意見的好不好？我不懂，妳幹嘛什麼事都跟莉莉學呢？妳們人生難道不能多追求一點精神層面的事嗎？為什麼滿腦子永遠只有這些膚淺的『物質』、『皮相』呢？」

「剛剛談的不是『美學標準』嗎？怎麼現在又變成『物質』、『皮相』了？你說美學不是精神層面，那什麼才是呢？」

「很多啊，對真理的敬畏、對智慧的渴望、對理想的追求、對人類苦難無可抑遏的憐憫……」

媽媽把手扠在腰上面，不可思議地看著爸爸。

爸爸又說：「靜心是模特兒，她穿得奇奇怪怪那是她的工作。莉莉事業做得比Jeff還大，她自己有錢愛怎麼花就怎麼花。問題妳已經是三個孩子的媽……」

「三個孩子的媽怎麼了？三個孩子的媽就是二等公民嗎？三個孩子的媽就沒有資格把自己弄得漂亮一點嗎？」

「妳搞清楚，我們這個家只有我一個人在賺錢，大家都在花錢……」

「什麼意思大家都在花錢，只有你一個人在賺錢？」

「難道不是嗎？」

「好啊，如果說了半天，你在乎的就是錢，我就賺錢給你看。」媽媽說著，起身離開。

沒多久，我們聽到「砰」的一聲，很大的甩門聲。

★

隔天早上，我起床漱洗完畢，走進餐廳。

如果一切正常，沒有意外的話，我會跟走過來的媽媽道早，媽媽也會笑咪咪地給我道早，遞過來一杯牛奶，並且慈祥和藹地問我早餐要吃什麼？三明治、漢堡，或蛋捲？

不過現在情況顯然不是這樣。

「早。」我說。

我注意到拿在媽媽手上的不是牛奶，而是一疊小小的單子。

「大潘，早。」媽媽順手把單子交給我，「看看你要點什麼？」

我瞄了一眼那張單子，有點愣住了，上面印著：

三明治套餐　50元

漢堡套餐　50元
早餐蛋套餐　60元

大概愣了有五秒鐘那麼久，我問：「這是什麼？」

「點餐的價目表。」

「我們家又不是餐廳，為什麼會有價目表呢？」

「因為從今天開始，媽媽必須獨立自主。」

「獨立自主？」

「對，從現在起，媽媽要靠自己的能力賺錢。」

「所以，以後早餐，我都要付錢？」

「你是小孩子，只要簽帳單就好了，其他不用你管。」

「這些帳單，最後誰付錢？」

「當然是你爸爸。」

噢，我想了一下……

「怎麼樣？」媽媽問：「有什麼不妥嗎？」

「沒有。」

「你要點什麼？」

「既然如此，我點早餐蛋套餐好了。」最貴的那種。

「很好，」媽媽露出滿意的笑容，「你自己在那欄打勾，簽上時間、名字，單子交給我。」

我照做。媽媽露出了和藹的笑臉，把簽好的單子裝進口袋裡，像個餐廳的服務生一樣走進廚房，為她的新事業的第一個顧客準備早餐去了。

情勢有點詭異。

沒多久，媽媽端著盤子從廚房走過來，把套餐放到我的餐桌前。

「熱騰騰的早餐蛋套餐來了哦。怎麼樣，喜歡嗎？」

我看了一眼，餐盤裡有水煮蛋、炒蛋、荷包蛋，還有吐司。

「喜歡。」我點點頭。

媽媽一臉滿意的表情，「對了，還有牛奶。」她邊往廚房走，邊對我說：「等一會兒其他人出來，你就把價目表拿給他們，請他們點餐、簽名。」

「噢。」

在我用叉子叉起了水煮蛋咬了一口的同時，我看到小潘迷迷糊糊地走了過來。

我邊咀嚼，邊把價目表拿給小潘。

「這什麼？」小潘問。

「你看要點什麼。勾好了在上面簽時間，還要簽名字。」

小潘看著菜單，愣了一下。「發生了什麼事？」

我用眼神往廚房的方向瞟了瞟。
「為什麼？」小潘一臉疑惑。
「媽媽說，」我貼近他耳旁說：「從今天起，她要獨立自主，靠自己開始賺錢了。」
「賺錢？」
「你不用擔心，爸爸會付錢。」
「你也簽了？」
我點點頭。小潘抓了抓頭，撕下一張點餐單，開始填寫。就在這時候，我看見爸爸拿著一份報紙，一臉無辜地走了進來。
「早。」爸爸說。
我們同時抬起頭，看了爸爸一眼，異口同聲地說：「早。」說完了之後，我和小潘變得很安靜。
就在那時候，媽媽拿著我的牛奶走了過來。
「早。」她雲淡風輕地說著。
「早。」爸爸說完，翻開報紙，把頭埋了進去。
「小潘決定好要吃什麼了嗎？」
「嗯。」小潘把點餐單交給媽媽。
媽媽看了一眼，又問：「你爸爸看到早餐價目表了沒有？」

「什麼早餐價目表？」爸爸放下報紙，抬起了他的頭。

我把價目表傳給爸爸看。

「這是什麼？」

「大潘，跟你爸爸解釋一下，看他要點什麼？」

媽媽走開後，爸爸低頭看著那張點餐單，愣了起碼有一分鐘那麼久吧。

趁著爸爸看完點餐單抬頭時，我說：「媽媽說，從今天開始她要靠自己賺錢，獨立自主了。」

2

清晨十點鐘的咖啡廳，一眼望去十之八九都是女人。玟玟和莉莉就坐在靠窗的位置。莉莉正用手機的計算機程式在替玟玟算帳。

「我算給妳看……哪，買菜、煮飯、洗衣、拖地，請個菲傭也要一萬七。除了這一萬七，再加上一個小孩的保姆費，一萬兩千元，家庭教師費五千元好了，妳看，光是一個小孩就有一萬七了，三個小孩就有五萬一了。」

「這樣也不過才六萬多。」

「怎麼會只有六萬多呢？還有，還有……你們一個月上床幾次？」
「上床？」
「這當然也要跟他charge啊！妳知道這在外面一次要多少錢？」
玟玟笑了起來。「莉莉，我真是服了妳。妳一次都跟你們家Jeff charge多少錢？」
「唉，真不知道我要charge 他，還是他要charge我呢。」莉莉說著，收起了手機，從皮包裡拿出了邀請卡，交給玟玟。「喏，邀請卡，下個月的第一個禮拜天，下午兩點開始，在京華飯店。」
玟玟接過卡片，邊端詳、邊問：「怎麼突然要開同學會了？」
「是靳莉發起的，最近景氣好，聽說她老公兩家上市建築公司都漲翻天了。」
「唉，靳莉現在可顯赫了。像我們混成這樣，去了同學會反而像在襯托她似的……」
「老同學見面嘛，幹嘛比來比去？」
「哪有不比的？上次去參加大鵬大學同學會就是這樣。大家嘴巴不說，心裡還不是比，從工作、房子到車子、妻子……」
「她老公高中畢業，妳老公研究所碩士，真要比，妳也不輸她啊。」
「唉，這年頭，博士還找不到工作呢，碩士算什麼？還是有錢最實在……」
「對了，妳記得當年畢業前，我們各自寫了十五年後的願望，放在時空膠囊裡，請馮老師幫我們保存嗎？妳記得嗎？那些時空膠囊竟然都還在。」

「天啊，十五年了？」

「那時候說好十五年後一起打開來看時，覺得十五年後好像永遠都不會到似的，沒想到這麼一轉眼……」

「時間過得還真快啊……」

「對了，妳不是說還缺一雙鞋子嗎？中午我約了靜心吃飯，然後逛百貨公司，要不要一起來？」

玟玟想了一下說：「我看還是算了。買了我們家那個看了，又有意見……」

「什麼叫你們家那個看了又有意見？」

「他一定又要說全家只有他一個人在賺錢，吧啦吧啦……」

「哎唷，他越這樣說，妳越要去買。什麼叫做都靠他一個人工作在負擔？剛剛不是算過帳了嗎？妳每天買菜、煮飯、洗衣、拖地，外帶還要兼保姆、家庭教師……光是這些家務，再加上貸款、水電、教育費、補習費，他一個人賺的錢哪夠？」

「我知道啦，只是……」玟玟沒再多說。

「玟玟啊，」莉莉說：「妳當年辭去銀行的工作，說要回家專心當母親時，我可是勸過妳的了。妳說妳有妳的想法。可是現在妳看看妳自己，這個樣子……」

「什麼樣子？有這麼糟嗎？」

「看妳現在身上這套行頭，我從大學時代就看妳穿。還有，天啊，妳還在用這個2G的免費手機，」莉莉指著手機說：「來，手機給我。」
「幹嘛？」玟玟交出手機。
莉莉把自己的iPhone觸控手機，和玟玟的手機擺在桌上。
「妳說同樣都是手機，為什麼妳這一支手機免費沒人要，我這一支三萬多塊大家排隊還搶不到？」
玟玟搖頭。
「品味、美學啊。這年頭沒人在乎實用功能了，大家在乎的是感覺。越是讓人家有『感覺』的東西，就越有附加價值。妳懂嗎？」
玟玟點頭。
莉莉把自己的手機靠向自己。她說：「這支用的是觸控，就是重視網路連線、強調品味、在乎美學的女人。」又把玟玟的手機靠向她，「這支呢，就是免費附贈外帶還會買菜、煮飯、洗衣、拖地……蓬頭垢面的歐巴桑。妳覺得哪種比較有感覺呢？」
玟玟看著兩支手機，好一會兒，她才拿回了自己那支。她說：「哎噢，妳說的我都知道，問題我已經是三個小孩的媽了……」
「妳清醒一點好不好，誰說三個小孩的媽就一定得是歐巴桑外加蓬頭垢面呢？妳看看現在的電視、電影明星，什麼安潔莉娜裘莉、小S……哪個不是辣媽？」
「妳真的覺得我變成了蓬頭垢面的歐巴桑了嗎？」

「妳當然還不是，問題是再繼續這樣下去，妳很快就是了。」

★

十二點鐘不到，Jeff拿著餐盤走過來。他看見大鵬獨自坐在自助餐餐廳的雙人桌前，跟大鵬打了個招呼，大鵬沒怎麼搭理Jeff，只是專心看著一份報導，上面的標題寫著：

年薪百萬的窮人——獨家民調：台灣77.7%高薪族喊窮

Jeff坐了下來，又和大鵬打了個招呼，大鵬這才放下報紙。

「怎麼了？」Jeff問：「看起來一副懷憂喪志的樣子。」

大鵬自顧自夾了一口菜，放進嘴巴裡咀嚼半天。他慢條斯理地把飯菜吞下去之後，若有所思地問：「你會不會覺得，有時候女人和我們就是不同種類的動物？」

「怎麼了？」

「有些事……該怎麼說呢？無論你怎麼努力，就是無法和女人溝通。」

「你是不是和玟玟又吵架了？」

「也不算吵架啦，」大鵬說：「反正就是很難溝通就對了。」

「又怎麼了？」

「你記得上次我不是拜託你老婆莉莉帶玟玟去買生日禮物嗎？」

「那件事不是解決了嗎？」

大鵬搖搖頭。

「怎麼會沒搞定呢？」

於是大鵬把昨天晚上發生的事，嘰哩呱啦地向Jeff陳述了一遍。

Jeff聽完苦笑起來。「你還沒學到教訓啊？這聽起來和過生日你送吸塵器的意思不是差不多嗎？」

「什麼意思，差不多？」

「你想，當初玟玟生日沒到前，想要一台新型的吸塵器，你不買，她感覺不好，說你吝嗇。後來好不容易她生日到了，想過得浪漫一點，結果你的禮物竟是那台吸塵器。你這樣搞，別說她感覺不好，換成我也感覺不好啊。」

「我不懂，你的重點是什麼？」

「感覺，feeling啊，懂不懂？」

「如果玟玟想要吸塵器，她就說要，如果不要，她就說不要。哪有人先說要，結果我訂了，她又生氣說不要，搞了半天原來是想去shopping買名牌衣服。早知道，她一開始就說要去買名牌衣就好了，幹嘛拐彎抹角的？」

「你的感受我明白，可是大鵬啊，我必須沉痛地告訴你，在女人的世界裡，邏輯一點都不重要，重要的是feeling啊。」

「Feeling？」

「她過生日，你送她名牌，她做新造型，你稱讚她漂亮，她很開心，這就是feeling啊。」

「可是我不覺得漂亮啊。」

「你覺得怎樣不重要，她想聽什麼，你就說什麼，你越讓自己的老婆感覺良好，她就讓你生活過得平安美好，這有什麼不好？」

「問題是……你不覺得這樣，很……虛偽嗎？」

「虛偽不虛偽我不知道，問題是，你這樣老老實實的，又得到了什麼好處？」

看大鵬安靜不說話，Jeff繼續又說：「你偶爾主動一點、用心一點啊！像是偶爾送送鮮花、安排一頓燭光晚餐，給她創造一點浪漫啊、驚喜啊。」

「你不覺得這些都是商人的噱頭嗎？弄點噱頭，同樣的東西就貴兩、三倍，什麼浪漫、驚喜，我看啊，所謂的浪漫根本就是愚蠢的代名詞。」

「你說愚蠢我不反對，問題是這樣老婆很高興啊，孩子也很高興啊，」Jeff說：「這麼一來，愚蠢反而是智慧，是大智若愚，懂不懂？」

「呵，你說得容易，問題是大智若愚的智慧可是需要錢的啊。」大鵬指著剛剛放下的報導說：「你看了這個報導沒有？」

Jeff接過那篇「年薪百萬的窮人」報導看了一下，大標題下的小標寫著：

「你窮嗎？」年所得百萬元以上的高薪族當中，高達百分之七十七點七的人回答：YES！買不起房子、薪水不漲是造成貧窮感的元兇。「高薪窮族」迅速擴大，即將成為台灣「最潮一族」，中產菁英嚴重弱化的問題，正席捲全台。個人該如何掙脫困局？投資理財如何調整？政策又能如何解決？

Jeff放下報導，對大鵬說：「至少你房子已經買了，你算還好的了啦。否則，照目前這個通膨趨勢，房子再漲下去，你想買都買不起……」

「問題是光貸款每個月要從薪水中扣掉兩萬多元，照這個速度，我還要負債一、二十年啊……」

「所以啊，我不是勸過你嗎？在這個政府猛印鈔票、資本家猛炒作股票的時代，錢怎麼可能不變薄？你不想辦法跟著人家玩資本遊戲，光靠領死薪水過日子，你就算不窮也會慢慢變成窮人。」

「算了吧，什麼資本遊戲。上次聽你報的明牌，賠了十多萬元，現在『萬象』、『大地』都還住套房呢。」

「那兩支股票我可是叫你停損的噢，你不聽，我有什麼辦法。」Jeff埋頭繼續吃飯，半天，他想到什麼似的，忽然抬起頭來說：「說到這個，告訴你一個秘密，不能讓莉莉知道哦。」

Jeff看著大鵬，沉默了一會兒。

「什麼啦，那麼神秘。」

Jeff意味深長地說：「最近我投了一家未上市，明天就要上市了噢。你猜我賺了多少錢？」

「多少錢？」

Jeff伸手比了三根手指頭。

「三十萬元？」

Jeff搖搖頭。「三百多萬元。足足賺了五倍的本錢。」

「真的還是假的？」大鵬睜大了眼睛。

「當然是真的，明天上市之後，應該還有慶祝行情吧，搞不好不止五倍呢。」

「哇，三百多萬欸，夠我領三年的薪水了。」

「我這還不算什麼，這次跟葉老師投資的人全都賺得比我多，光是葉老師自己就獲利一億以上呢。」

「一億？這麼好的事，你怎麼沒告訴我？」

「那時候你被套牢，就算告訴你，你會投嗎？」

大鵬沒說什麼。

「今天晚上大夥開慶功宴，要不要過去一起吃吃飯，順便介紹葉老師給你認識。」

「問題是我又沒參加投資，也不認識你們……」

「安啦，你認識我一個人，就夠了。我就說給葉老師介紹大戶。」

「大戶？唉，我哪有什麼閒錢，我看還是算了。」

「反正這次我是告訴你了。」Jeff嘆了一口氣，「唉，我說你這個人就是死腦筋，你想想就算財神爺想幫你，你也得給祂一個機會吧。」

大鵬又吃了一口飯，細嚼慢嚥。等他把嘴裡的飯菜全都吞下去之後，他想通了什麼似的問Jeff：「你說今天晚上？」

「對，財神爺請我來約你。」

3

回家之後，如同以往，玟玟開始收拾晾曬在外頭的衣服，拿進房間摺疊，摺好了之後，再把衣服一一放到大鵬、孩子的衣櫃裡。

接下來她又開始準備小孩放學之後的點心。先把冰箱內各式水果拿出來，洗滌、放進果汁機中，攪拌成綜合果汁，再放入冰箱中冷藏。

玟玟發現點心已經吃完了，連忙到樓下便利商店採買。

補貨結束後，玟玟又開始清洗早上留下來的餐盤、果汁機，並且整理餐桌。

然後是整理客廳的雜誌、報紙。清理櫃子時，玟玟把畢業紀念冊從櫃子裡順手取出來，就站在櫃子前忘我地翻閱起來。

玟玟先翻到了靳莉的照片。

那時她和玟玟、靜心，被公認是班上最漂亮的三個女孩。當年追靳莉的人很多，靳莉一畢業就決定嫁給這個高中學歷的老公時，大家不免揣測紛紛，有人說是為了錢、有人說是奉子之命，甚至有人預言，以靳莉的個性，他們的婚姻一定不持久。誰知道大家都錯了。

接下來，玟玟翻到有靜心照片的那一頁。

靜心倒是變化不大，身材一直維持得很好，直到目前還在走秀、拍ＭＶ、拍平面廣告。

在靜心下一頁，是何熙仁的照片。

他現在是個熱門的廣播節目主持人，有很多青少年粉絲，上次還聽到對門邱先生家的大女兒說很喜歡他的節目。

玟玟就這樣一頁一頁的翻著，直到她看見自己大學時代時的照片時，停了下來，凝視那張照片好一會兒。

想起來，時間飛逝的速度真是教人驚心動魄。那時他們好年輕，對人生懷抱著許多的夢想……

門鈴響了。

「誰啊？」玟玟抓起對講機問。

「送貨的，請問何玟玟小姐在嗎？」
「等一下。」玟玟放下對講機，走到門口去。
打開門，門外站著一個送貨員。
「什麼貨品？」玟玟問。
「可揹式吸塵器。之前我們有個同事送貨來，你們說沒有訂這台吸塵器。可是我們查了一下，你們的確有訂吸塵器。訂購人是何玟玟，信用卡已經付過帳了。」
「我沒說我沒訂，我說我不需要。」
「如果妳不需要的話，妳可以先把貨品收下來，七天之內都可以退貨……」
「對不起，我們真的不需要。請你把東西拿回去。」
「何小姐，妳聽我說，你們已經刷卡了，我現在這裡沒有辦法幫妳辦理退貨……」
「我說我不需要，」玟玟臉色變得很不好看，「你聽不懂是不是？」說完，她用力關門，卻夾到送貨員的腳。
送貨員忍著痛苦的表情說：「何小姐，妳聽我說……」
「不，你才聽我說，」玟玟生氣地說：「我已經浪費掉十幾年的時光在掃地、煮菜、洗碗、洗衣服，我的青春快過完了。我不需要任何的吸塵器，這樣你明白嗎？」說完，玟玟兇狠地瞪著送貨員。
被玟玟的氣勢這麼一震懾，送貨員有點不知所措，向玟玟點個頭，識趣地收回了腳。

玟玟這才砰地一聲，關上了大門。

玟玟氣呼呼地走回客廳，就在沙發上坐了下來。桌几上擺著那支２Ｇ的免費手機。不知道為什麼，玟玟忍不住拿起了那支手機，按了莉莉的電話號碼。手機很快接通了。

「莉莉啊，」玟玟說：「妳和靜心還在逛街嗎？我改變主意了。」

★

玟玟在Chloe專賣店裡找到了莉莉和靜心，那時她們正在看一個皮包。

「Hi。」

「Hi。」靜心轉過來，和她打了一個招呼。靜心一身時髦豔麗的打扮，身材好得簡直教人嫉妒。

玟玟走了過去，靜靜地站在一旁陪她們一起看包包。

看了半天，靜心問店員：「你說這個打幾折？」

「六折。」

玟玟注意到靜心身上揹著同款式、不同顏色的Chloe皮包，於是問：「這款式，妳不是有一個了嗎？」

「鎖頭的設計不太一樣。」靜心把自己身上的皮包拿下來，和櫃子上的比一比，金屬部分的設計的確不太一樣。

莉莉說：「孫小開對妳很好啊。」
「唉，每次跟他吵結婚，他就送東西，這個包包就是用來搪塞我的……」
莉莉說：「那好，妳乾脆不要結婚，讓他天天送妳東西算了……」
靜心附到莉莉耳邊小聲地說：「九萬多真的很便宜欸。去年過生日孫小開幫我買這個，還要十五萬多咧。」說完，把皮包還給店員，又問：「還有別的顏色嗎？」
「就剩下這兩個。」店員說。
靜心說：「乾脆妳和玟玟一個人買一個好了，這樣我們就可以揹著不同顏色的皮包一起去同學會……」
莉莉說：「又不是蕾絲邊，揹什麼情人包。」
「感情好啊，不行噢？」靜心指著枱面上另一個蘋果綠的皮包，問店員：「可以看看那個嗎？」
「當然。」店員拿出皮包交給靜心。
靜心拿著皮包，到鏡子前看了看，又回頭看著站在後方的玟玟，把皮包交給她，「妳揹揹看。」
玟玟揹起皮包，也站在鏡子前面擺了幾個姿勢。
「我覺得玟玟拿這個包，比我好看耶。」靜心說：「怎麼樣，妳和莉莉各買一個吧？」
「我？」玟玟露出笑容，把皮包還給靜心說：「我買不起啦……」

莉莉說：「靜心，算了吧，我們各買一個吧，玟玟還有三個小孩要養呢。」

★

三個人從Chloe專賣店走出來，莉莉提著購物袋走在右邊，靜心揹著皮包、提著購物袋走在左邊，玟玟則空手走在中間，三個人一字排開。

靜心說：「我現在才發現，原來第二代小開不是人幹的。四點半要起床陪老爸去打高爾夫球，七點鐘還要伺候爸爸開公司幹部會議。比小開更可憐的是小開女友，得隨時待命，等他開會，隨傳隨到。」

正說著，莉莉忽然尖叫了起來：「啊——這個鑽戒，是新買的，對不對？啊啊，還有這個耳環，是成組的……」

「真的欸。」玟玟也興奮地說。

「你們不會是訂婚了吧？」莉莉問。

「不是啦，訂婚的話，怎麼可能容許他用這麼小的鑽戒就輕易打發。」

兩個人把靜心從頭到腳掃描了一遍，靜心也老實不客氣地把新禮物的來由全報告了一遍。

「對了，」莉莉從皮包裡把邀請函拿出來交給靜心，「下個月畢業十五年大學同學會，這次要拆時空膠囊噢，去不去？」

「啊，這麼快，十五年，要拆時空膠囊了？」靜心拿出信封裡的邀請函，看了看，她問：

「玟玟呢，去不去？」

玟玟說：「我有點意興闌珊欸。」

「為什麼？」

「沒為什麼。」

莉莉說：「一起去啦，看看十五年同學啊。」

靜心說：「是啊，一起拆開當時的時空膠囊……」

玟玟看著靜心說：「妳就那麼想拆那個膠囊啊？」

「當然嘍，我就等著這一天，要在大家面前拆開時空膠囊，唸給大家聽。」

莉莉說：「我不太記得那時候我寫些什麼了，靜心還記得嗎？」

靜心說：「當然記得。」

「玟玟呢？」

玟玟沉默了一下。

「我知道，」靜心說：「一定是關於妳和初戀情人何熙仁的事，是不是……」

「不。是。啦。」

「說不是，一定是。」

「不。是。」

「一定是。」靜心說：「啊，我知道了，妳是不是因為何熙仁的關係，所以妳才意興闌珊的，對不對？」

「不對啦。」

「對。說不對就是對。一定對。」

三個人走到一家名牌高跟鞋店前，看見門口海報上大大地寫著：

「週年大拍賣：第一雙兩千元，第二雙一律五百元。」

她們全停了下來。

莉莉說：「這樣只有玟玟沒買太不盡興了，接下來我們專門陪玟玟殺。」

「這個看起來不錯。」靜心說。

「好啊，進去看看。」玟玟也附和著。

★

電梯門打開，莉莉、玟玟還有靜心從電梯裡走出來，每個人手上全都是大包小包的。

莉莉說：「說真的，我覺得如果我們剛剛真走了，店長一定會追出來，降價賣我們。」

玟玟說：「算了吧，要是店長不追出來，不是很掃興嗎？」

莉莉說：「一定會的啦，我們一次團購六雙欸。我不信她不在乎我們這六雙鞋。」

「靜心，」玟玟說：「說好了噢，我的鞋子暫時放妳那裡，省得我老公看見了，碎碎唸的。」

「哎噢，這些高跟鞋真的很佔空間欸。」
「我不管。」
「好吧，」靜心說：「反正妳那雙鑲鑽繫帶高跟鞋我也很喜歡。」
「靜心，不准偷穿！」
「那妳就不要放我這裡。」
玟玟拍了靜心肩膀一下。靜心不講話，繼續走。玟玟又更用力拍了一下。
「好啦，好啦。只能保管，不可以偷穿。」又往前走了幾步，靜心停了下來，她從皮包裡找出汽車遙控鑰匙，按了一下遙控鍵，前方不遠，有部猩紅色跑車叫了起來。
「哎噢。」莉莉叫了起來：「Porsche欸。」
玟玟也說：「好高級哦。」
靜心走到車後，打開行李箱，先塞進莉莉的兩個鞋盒，再塞進自己的兩個鞋盒，後行李箱就已經塞不下了。
「不好意思，」靜心說：「只能麻煩玟玟抱著自己的高跟鞋擠一下後座了。」
「好啊，如果是這麼高級的跑車，我一點也不介意和自己的高跟鞋擠一擠。」
一會兒，大家全坐進車裡。一發動汽車，坐在副駕駛座的莉莉就不停地在車內東張西望。她邊看邊問：「這車少說要四、五百萬吧？」
靜心說：「恐怕不止。」

「小開送妳的啊？」

「唉，他哪那麼大方？人家是借我開的。坐好噢。」

汽車慢慢駛出百貨公司。玟玟注意到廣場裡好多人的視線都朝著她們望過來。莉莉看見玟玟的目光之後說：

「玟玟啊，變成歐巴桑之後，很久沒享受過被那麼多人注目的感覺了吧？」

「唉，」玟玟說：「妳看過一本法國小說，叫做《小姐變成豬》的嗎？」

「變成什麼？」

「變成豬。」

莉莉笑了起來。「真的有這麼一本書啊？」

「當然。」

「那個小姐是因為結婚而變成豬的嗎？」

「不是。」

「那跟我們變成豬的原因不一樣。」

「是啊，」玟玟笑了起來，淡淡地說：「和我們變成豬的原因不一樣。」

汽車轉了個彎，靜心問：「『妳們』為什麼會變成豬了呢？」

「豬啊，雖然有人餵，」玟玟說：「但能吃到的永遠只是豬。飼。料。」

「什麼豬飼料？」靜心說：「我聽不太懂欸。」

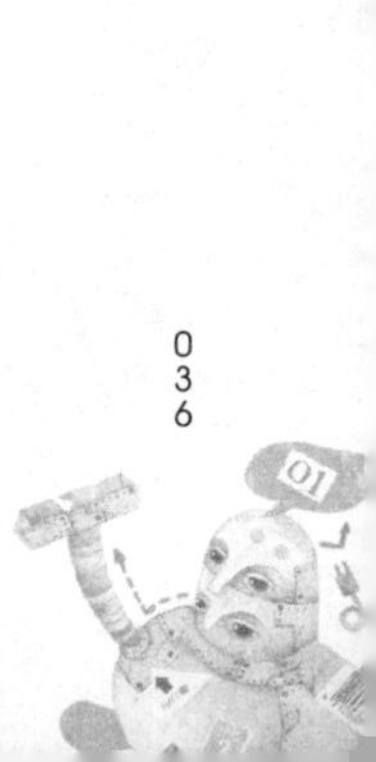

莉莉說：「玟玟在說靜心妳不要結婚，要不然會變成豬。」
「真的、假的？」
「不信妳問玟玟。」
玟玟說：「莉莉騙妳的啦。」
莉莉說：「哪有。我是說真的。我說女人就算結婚了，心裡一定要保持未婚，才不會變成豬啊。」
「是噢，」靜心從皮包裡拿出香煙，順手抽出一根放進嘴巴裡。「妳們不介意我抽根煙吧？」她邊說，邊拿出點煙器點煙，還搖下駕駛座旁的窗戶。
一陣潮濕的熱空氣從汽車外灌進來。靜心轉動方向盤，把車駛進另一條空曠的馬路。汽車繼續前進，直到抽完了煙，丟棄了煙蒂，靜心才關上車窗。
「去兜兜風吧。」靜心說。
「好啊。」
靜心踩下油門，汽車疾駛了起來。街道兩旁的行道樹、路燈、建築都快速往後退。
「怎麼樣？」靜心問：「不賴吧？」
「嗯，很享受。」莉莉說完，又轉身問：「玟玟，怎麼樣，過癮吧？」
玟玟點點頭。
「可以聽聽車上的豪華音響嗎？」莉莉問。

「當然，」靜心按下音響鍵，「聽聽這個，發燒版的噢。」

音樂才出現前奏，莉莉立刻大叫：「啊，〈吻別〉。我們大學最流行的歌！」

當歌曲唱到最高潮時，莉莉和靜心更是興奮地跟著搖頭晃腦地又唱又叫。

「我和你吻別，在無人的街，讓風癡笑我不能拒絕❶……」

莉莉問玟玟：「在想什麼啊？」

「我在想，」玟玟說：「女人沒嫁人是禮拜五晚上。」

「禮拜五晚上？」

「充滿了無限的可能和想像啊。一旦嫁了人，就變成了禮拜六。」

「哈，」莉莉說：「這麼說，我們兩個都是禮拜六。」

「我比妳更慘。」

「為什麼？」

「我生了三個孩子，我是禮拜天。」

三個人全笑了起來。

靜心嘆了口氣說：「所以啊，孫小開愛不愛結婚隨他便，反正大小姐我天天都過禮拜五的日子也沒什麼不好。」

莉莉側過頭對著靜心說：「喂，禮拜五。把車頂打開吧，讓後面的禮拜天吹吹風，透透氣吧。」

「好啊。」

靜心按下按鍵，讓汽車頂篷打開。

汽車繼續奔馳，灌進來的風稀釋掉了一些音樂，並且把三個女人的頭髮揚得高高的。

4

大鵬第一眼看到葉老師時，不知怎地就覺得他似曾相識，但又說不上來在哪裡見過。那時領班正拉開日式拉門。葉老師穿著一身亞曼尼西裝，白色襯衫上打著紅色底變形蟲圖案的花稍領帶，坐在榻榻米上脫著鞋。跟在他身邊的是個同樣西裝筆挺，身材壯碩，看不出是保鏢還是助理模樣的人。葉老師微胖，脫鞋有點費力，助理就跪在他膝前，幫他把鞋子拉開。

葉老師脫好鞋走進包廂，那卡西樂隊立刻奏出「出埃及記」的主題曲。房間裡頓時響起了一陣掌聲。

大鵬不太習慣這樣的排場，不過見到大家都對著葉老師拍手，連忙也有模有樣地跟著大家拍起手來。

❶編註：〈吻別〉，何啟弘作詞，殷文琦作曲。

「哎呀，」葉老師滿臉笑容說：「不是叫大家先開始，不要等我嗎？怎麼這麼客氣。」

二十幾張榻榻米包廂房間，儘管已經坐著十多個人，卻一點也不覺得擁擠。葉老師本來坐下來了，但掌聲仍然持續著，於是他只好又站了起來，接過了樂隊老師的麥克風。

「謝謝大家，謝謝大家。這一仗，如果沒有大家的信任、支持，絕對沒有這樣的成果。今天能夠賺錢，全是大家的功勞、也是大家的勝利，我葉某人先在這裡謝謝大家。」

助理幫葉老師倒了一杯酒，讓他舉得高高的。

「來，祝福大家，」葉老師說：「祝大家年年有今日，歲歲有今朝。」

大家全站了起來，整齊劃一地對葉老師說：「祝福葉老師，福如東海，壽比南山。」

所有人一仰而盡。

「謝謝大家，謝謝大家，」葉老師說：「大家都肚子餓了吧？我們就開動吧，有什麼話，一邊吃飯、一邊說。」

菜餚很快端上來。葉老師才坐下來，根本還來不及開始吃飯，立刻又開始一位一位個別敬酒、寒暄。

大鵬手裡捏著剛剛交換的名片，一屋子人除了Jeff外，其餘的人他都不認識。這些人有的是銀行的經理、有的是大公司的高階經理人、中小企業的老闆、創投公司的董事，還有一些則是從名片上完全看不出是什麼行業的人。

等敬酒敬到大鵬時，大鵬恭恭敬敬把名片遞了上去。大鵬有點擔心，儘管他名片上印的是

進口廚具公司的行銷經理，但那只是一個名不見經傳的小公司。

「潘大鵬，」葉老師接過名片說：「你是做廚具的？」

大鵬點點頭。

Jeff忙著介紹說：「大鵬是我的好朋友。今天特別介紹他來見財神爺。」

「什麼財神爺，你別聽他亂講。」

「哪裡，聽Jeff說你的豐功偉績，非常佩服。」

兩個人乾掉了一杯酒。葉老師轉身要走，想到什麼，停了一下，突然又轉身回來問：「你是不是忠誠高中畢業的？」

「咦，你怎麼知道的？」

「你就是那個潘大鵬？」葉老師說：「你不記得我是誰了嗎？」

「啊？」

「我葉志民啊，那個數學老是考不及格的葉志民啊，記不記得？」

「你是葉志民？天啊，」大鵬恍然大悟說：「這個世界怎麼這麼小。」

葉老師興奮地和大鵬擁抱了一下，才放開大鵬。

Jeff有點莫名其妙地問：「你們是高中同學啊？」

「豈只高中同學。來來，這個要特別介紹一下。」葉老師拉著大鵬走到樂隊老師前面，要了麥克風，「諸位好朋友，我要跟大家介紹一位新朋友。這位是潘大鵬，他是我高中同學，我看我們至少……有十多年沒有見過面了，為什麼要特別介紹他呢？因為他很重要。我高中時沒有在讀書，都在混話劇社，潘大鵬是混讀書的，要不是潘大鵬罩我，我高中根本就畢不了業。高中畢不了業，就唸不了大學，唸不了大學，就考不了執照，沒有執照，今天也就沒有機會為大家服務了。為了這個，我要敬潘大鵬一杯，」葉老師給自己倒了一杯酒，舉杯說：「來，我請大家也一起敬潘大鵬一杯。乾杯！」

大家都一起又乾了一杯酒。

喝完了酒，有人起鬨說：「看不出葉董那麼有氣質，還是話劇社的呢。」

「看不出來？」葉老師說：「我還會背《哈姆雷特》的台詞呢。」

「誰是哈姆雷特？」

「鼎鼎大名的莎翁名劇，你們都不知道？唉，人生不能只會賺錢啊。說你們沒有氣質你們還不承認。」葉老師說。

「葉董表演一段啦。」

「真要看？」

「表演、表演、表演。」

樂隊早奏起了電影「羅密歐與茱麗葉」的主題曲。台下越起鬨越興致。葉老師揚揚手，要音樂先停下來。「好了、好了，樂隊老師，是哈姆雷特，不是羅密歐與茱麗葉。看好了。」他清了清喉嚨，擺出舞台劇的架式，開始朗誦：

然而在一個月內——我別想這件事了罷——脆弱，你的名字就叫做女人！——不過一個月！她送我父親的屍首入葬的時候像是奈歐璧一般哭得成個淚人兒，她那天穿的鞋子現在還沒有舊——何以她，竟至於——啊！上帝呀！一頭沒有理性的畜類怕也要哀傷得久些——她竟嫁給了我的叔父，他是我父親的兄弟❷……

葉老師的表演博得了滿堂掌聲。他張開雙手，微微鞠躬，像個謝幕的演員似的志得意滿。

「太精采了，來，」Jeff說：「為葉老師的表演，大家再乾一杯。」

葉志民一邊給自己倒酒，一邊轉身跟一直立在旁邊的助理招手，他說：「叫老闆今天酒無限開，能喝多少就開多少。」說完，他一仰而盡，「謝謝大家，今天不醉不歸。」

葉志民把麥克風交給樂師，樂師接過麥克風開始演唱，葉志民則自顧自拉著大鵬和Jeff到他身邊坐下。

「今天太高興了，不但承諾大家的事做到了，還遇見了老朋友。」

大鵬倒了一杯酒，舉杯說：「沒想到老葉今天混這麼好，恭喜恭喜！過去我罩你，以後要靠你多多罩我了。我先乾為敬。」說完，乾了一杯。

❷編註：出自《莎士比亞全集10哈姆雷特》，梁實秋譯，遠東圖書公司。

「別這麼說，彼此彼此。」葉志民也給自己倒酒，喝了一杯。

「真沒想到你們是同學，」Jeff笑容滿面地說：「大鵬和老婆吵架了，今天晚上，我本來是帶他過來認識你，順便放鬆一下。」

「要放鬆啊，找我就對了。」葉老師轉過頭去問站在一旁的助理：「小姐怎麼還沒有過來？」

助理點了個頭，立刻轉身，急急忙忙出了房間去。

沒多久，拉門再度被打開，助理和領班帶領了十多個穿著薄紗連身裙，隱隱約約透著內衣褲的年輕辣妹走了進來。

「葉董啊，早就準備好等你了。」

葉志民抬著一隻手，滿面笑容地說：「好，好，都安排她們坐下來，好好招待我今天的貴賓。」

氣氛一時熱絡了起來，在領班的安排下，辣妹一一入座。領班特別安排三個身材曼妙高挑的女生過來葉老師這邊，坐了下來。一坐下來，這些女孩就熟門熟路地忙著給大家倒酒。

「葉董，」領班笑咪咪地說：「特別給你挑選的。」

「好，好，都自我介紹一下吧。」

一個女孩說：「各位大哥好，我叫溫蒂。」

另一個說：「我叫凱蒂。」

第三個說：「我叫夏綠蒂。」

葉老師哈哈大笑說：「哇，妳們都是皇帝。」

凱蒂說：「不知道幾位大哥怎麼稱呼？」

「好，今天配合妳們，」葉志民指著Jeff說：「他叫漢文帝。」

「漢文帝？」

「對，」葉老師又指著大鵬說：「這位是漢武帝。」

溫蒂、凱蒂和夏綠蒂舉杯，一本正經地說：「我敬漢文帝、漢武帝大哥。」

大鵬雖然覺得有些突兀，但看到Jeff見怪不怪地舉杯、喝酒，只好也乖乖地跟著也喝了一口。

喝完之後，三個女孩說：「我們敬葉董。」

「欸，我今天也不叫葉董，我叫……今天我叫漢高祖。不對不對，這樣太欺負人了，我又不是漢文帝、漢武帝的爸爸和爺爺，」葉老師說：「這樣好了，今天叫我財神爺，對，今天我是財神爺。」

「好啊，」三個女生說：「我們敬財神爺。」

葉老師和三個女生乾杯。乾杯完之後，他說：「凱蒂，今天漢武帝大哥就交給妳照顧了哦。我可是先說哦，漢武帝大哥可是高中時代就是我的大哥了哦，他也是今天我們這群人裡面最有錢、最有實力的，」他從口袋裡掏出一疊少說幾十張的千元大鈔塞在大鵬的襯衫口袋，「今天大哥和老婆吵架了，來這裡放鬆一下。我告訴他英雄難過的只有美人關，沒有人在怕老婆這一關的啦。妳今天一定要使出渾身本事，讓大哥知道什麼叫做美人關，懂不懂？只要大哥覺得舒服，這些鈔票就是妳的了。」

凱蒂一聽，立刻坐過來大鵬身後，開始給大鵬按摩。

「漢武帝大哥，」凱蒂說：「今天就拜託你多照顧了噢。」

「那個溫蒂，妳負責伺候漢文帝大哥。」又是一疊鈔票。溫蒂坐到Jeff身邊給Jeff倒酒。指派完畢之後，葉老師摟著夏綠蒂說：「我的場子這麼冷像什麼話，妳上去開個場吧，讓大家見識一下，什麼叫做熱歌豔舞。」

沒多久，夏綠蒂拿起了麥克風，使勁地擺動臀部，俗豔地唱起了〈舞女〉。氣氛一下熱起來了，樂師們都跟著搖來搖去，有人高喊著：「搖嘍，搖嘍。」也有人站到夏綠蒂身旁，和她一起扭腰擺動屁股。

房間裡，到處都是嘈嘈雜雜杯觥交錯的聲音。大鵬感覺到凱蒂似乎貼到耳畔吹了一口氣，她說：「漢武帝大哥，這樣按摩舒服嗎？」

大鵬有點不太習慣、似笑非笑地回應著。他覺得很奇怪，明明是唱著舞女有多麼悲哀、又多麼可憐的歌曲，可是大家卻那麼地得意揚揚、喜出望外。

大鵬覺得似乎有一隻手爬上了他的胸膛。他低下頭去，看見原來是凱蒂的手，從背後越過肩膀，往下爬，往下爬，直到襯衫的口袋。

「舒服吧？」凱蒂問。

大鵬注意到，那隻成功抵達口袋的手，毫無猶豫地，抽走了剛剛葉老師塞進來的鈔票，其中的一小疊。

★

「賺很多錢的人，一定比較快樂嗎？你錯了。為什麼？錢只是快樂的手段，不是目的啊。有錢就一定有朋友嗎？有錢就一定有愛情嗎？」

房間裡音樂仍然嘈嘈雜雜進行著，賓客唱歌的唱歌、划拳的划拳，喧鬧的聲音使得葉老師不得不提高聲音。他拍著大鵬的肩膀說：

「老哥啊，我要告訴你，不管你有錢沒錢，你的老婆、孩子還是一樣愛你啊！只要有了『愛』，再多的痛苦都是真的。是吧？但我不同啊，人家只愛我的錢不愛我啊，不管我愛與不愛都是假的啊，人家只是跟我的錢交往啊……我只有錢，沒有痛苦。我想要痛苦，可是連痛苦也都是假的啊。」

Jeff說：「葉董，你喝多了……」

「我現在比沒喝酒時清醒多了，老哥啊，Jeff要我幫你多賺些錢，這我當然應該做，也一定會做，但我告訴你，我覺得你煩惱的問題跟錢一點關係也沒有。你的愛是真的，你的痛苦也是真的。你什麼也不缺，現在，你唯一需要的，只是一點小小的溫柔、一點小小技巧……來，凱蒂，妳示範一下，」葉志民把手放到凱蒂的腰上去，「假設這是你老婆，你就這樣抱緊她，輕輕地對她說：親愛的，對不起，都是我不好，我愛妳。然後再輕輕地把嘴巴湊上去……」

葉志民把嘴巴湊上去，搞得凱蒂笑得花枝亂顫，又叫又鬧地打他的手，說：「好啊，乘機吃豆腐，你這隻大色狼……」

「我哪有吃豆腐，我只是示範，教教我大哥怎樣擺平大嫂，這樣他沒有後顧之憂，才能常來照顧妳們的生意啊。」葉志民把大鵬的手放到凱蒂的腰肢上去，然後說：「來，你試試看，輕輕地說：親愛的，對不起，都是我不好，我愛妳。然後再輕輕地把嘴巴湊上去……」

看大鵬面有難色，凱蒂笑得直不起腰，直說：「哎呦，財神爺，你就別欺負漢武帝大哥這個老實人了吧。」

樂隊忽然奏起了野球拳的音樂，大家起鬨著玩脫衣划拳，大鵬也乘機鬆開了放在凱蒂腰上的雙手。

很快，樂隊前已經站出了兩個辣妹代表。

賓客熱烈地鼓譟著：「財神爺，財神爺，財神爺……」

在盛情難卻的氣氛，葉志民站了起來，他平擺雙手，要大家稍安勿躁。

「先說好，我今天是財神爺，我輸了一次脫一件，美女輸了一次脫兩件，我一個人拚兩個美女，這樣公平不公平？」

兩個辣妹都說不公平，但男賓客都說公平。喧鬧了半天，辣妹拗不過賓客。於是音樂響

起，兩方開始划拳。

氣氛進入了更高潮，看得出來兩個辣妹都精於此道，幾拳下來，美女都脫掉了絲襪、首飾、連身長裙，剩下裡面的小可愛、內褲，葉志民卻已經被剝得身上只剩一條花內褲了。

音樂聲再度響起來。辣妹興奮地嚷著：「脫光、脫光、脫光、脫光……」

剪刀、石頭、布！

葉志民又輸了。

辣妹叫喊得更起勁了。「脫掉、脫掉、脫掉……」

到了最後，連男賓客也一起喊：「脫掉、脫掉、脫掉……」

葉志民接過麥克風，嘻皮笑臉地說：「欸，你們這些人，受了我的恩惠不思圖報也就算了，還跟人家一起，扯我後腿……」

「不是扯後腿，是拉你的內褲啦……」

「喂，劉總，我幫你賺了四千多萬，你連我的內褲也要脫？」葉志民叫助理把手上的公事包拿過來，從裡面拿出了一大疊百元鈔票，對著辣妹展示：「這些錢買一塊中央擋布，可以吧？」

「不夠，只有一疊不夠，不夠……」

葉老師又拿出了一疊鈔票說：「這樣夠不夠？」

「不夠，不夠。」

「這麼貪心？」葉老師又拿出了一疊，「先說好，如果三疊的話，只能用嘴巴咬，不能用手拿。」

「用手拿。」

「用手拿的話，這一疊收回。」

「好，用嘴巴咬，要是犯規，全部的現金全沒收噢。」葉老師把一疊一疊繫鈔票的條子拆掉，「注意噢，財神爺要撒錢了噢……來，音樂。」

樂隊奏起了ABBA唱紅的那首〈Money Money Money〉音樂，辣妹起勁地喊著：「財神爺，財神爺，財神爺……」

大鵬看見這位只穿著內褲的財神爺就這樣用天女散花的姿勢，跳起來，把鈔票往天空撒去。看見一圈一圈的肥肉在葉老師肚子周圍微微地顫動。叫喊財神爺的聲音頓時停了下來。所有的辣妹這時全都仰望天空，對著鈔票大驚小叫。

不一會兒，現場已經混亂成一片。有跳躍追逐著飄落下來鈔票的辣妹，也有趴在地上用嘴爭咬鈔票的辣妹。撒完了鈔票，葉老師搖搖晃晃地對著大鵬比大拇指，激動地甩著。

大鵬也比起大拇指，對葉老師笑了笑。

★

慶功宴到底是怎麼結束的，大鵬有點記不太清楚了。總之大家都喝得太多、玩得太瘋了。

只記得葉志民只穿著一條內褲，拿著麥克風，東倒西歪地說：

「今天太……高興了，等一下……再見了。最後一……件事，請發揮紳士風度，送身旁的……辣妹回家。車隊我……安排好了，車費也付了，辣妹都很年輕……大家……要注意……自己的身體……」

話還沒說完，葉志民就跌倒了。助理請兩個辣妹把葉志民扶起來，準備架著他離場時，他還吵著說：「等一下，我要……和，老同學擁抱。」

大鵬一聽，立刻起身走了過去。

葉老師給大鵬一個擁抱。「老哥，你放心，我這個人……知恩圖報，」葉老師緊緊抓著大鵬不放說：「從前你罩……我，以後我……一定罩你的。」

「謝謝，看到你混這麼好，真的很高興。」

「老哥，你太ㄍㄧㄥ了，不行的啦。你老婆那邊要……放鬆，辣妹這邊……也……要放鬆。懂不懂？『親愛的，對不起，一切都是我不好，我愛妳……』」說著，葉老師自顧自賤賤地笑了起來，「老婆那邊……放鬆，她才會……放心，這樣你才能……常出來。常出來的話……外面辣妹的部分……也才能放鬆。大家都放鬆，錢……就會進來。賺到錢，帶回家給……太太、給……孩子花，家庭就會……幸福、和樂。男人……就是這樣，懂嗎？」

葉老師放開了大鵬，把凱蒂叫來，又拿了一疊鈔票給她。「凱蒂，今天一定要叫……我老哥……送妳回家，知不知道？如果……他不送妳……妳就送他，懂不懂？」

就在大鵬轉身要離開前，葉志民又把他叫了回來。葉志民讓助理拿公事包過來，從裡面拿出一個寫滿英文字的信封，交給大鵬。

「這我……只有三份。」

「三份？」

「我師父說的……要把它……分給你……最在乎的對象。我自己一份，那個……不愛我的前女友，我給了她一份，這是……最後一份。給你。」

「給我？」

「因為你是……有……情有義的朋友。」

「這是什麼？」

「秘密，你懂嗎？……你要真心地對它唱歌，然後許願。它……會許應你三個願望……物質世界的願望才行噢，什麼快樂、讓人家愛你……這種精神世界的願望都不行噢。」

「那我要唱什麼歌？」

「任何歌……跟它越有關的越好……明白嗎？」葉志民指著胸口，「你要用這裡唱。」

「你自己都唱什麼？」

葉老師笑了笑，開始唱：「你問我愛你有多深，我愛你有幾分……聽過沒？鄧麗君唱的那一首，你去想一想，你去看一看，月亮代表我的心❸。」邊唱，他邊揮手，要大鵬離開。

總之，大鵬就這樣莫名其妙地和凱蒂坐進了葉老師安排的汽車。上車時凱蒂含糊地和司機

說了一個地點，大鵬沒聽清楚，汽車搖呀搖地，大鵬腦袋也昏昏沉沉地轉呀轉地，他搞不清楚汽車到底要開到哪裡去，也不知道等一下會發生什麼事。

「你們這次，」凱蒂說：「一定賺了不少錢吧。」

大鵬沒說什麼。

「賺那麼多錢的感覺，」凱蒂邊說，邊靠到大鵬的肩膀上，她說：「一定很好吧？」

大鵬沒回答，只問：「妳這個行業，做多久了？」

「兩年多了。」

「打算做很久嗎？」

「我現在已經存錢買了自己的預售屋，最近就要交屋了。如果可以的話，我想存錢開一家咖啡店，煮好喝的咖啡給客人喝。」

「噢？」

「再存一年就夠了，我不想做這個工作了。」

「妳現在幾歲？」

「二十八歲，怎麼了？」

「現在有男朋友嗎？」

❸編註：〈月亮代表我的心〉，翁清溪作詞，孫儀作曲。

凱蒂笑了笑，沉默了幾秒鐘，沉默裡，似乎有很多大鵬弄不懂，也不想弄明白的事情。她嘆了口氣，抬頭看了大鵬一眼，然後問：

「那請問你現在有老婆嗎？」

大鵬笑了笑，也一樣沒回答。

沉默持續了一會兒，凱蒂體貼地拉著大鵬的手，把手搭上自己的腰。說完，轉身過來，把臉緊緊貼在大鵬肩膀上，也抱著大鵬。

「說好了，今天你就是我的男朋友，我就是你的老婆。可以嗎？」

大鵬沒說話，讓凱蒂緊緊抱著。

他可以感覺到凱蒂的髮絲在他的耳邊廝磨，那是年輕女孩的身體，柔軟而有彈性，儘管喝了酒，她身上仍然散發這股混合著淡淡化妝品以及青春的氣息。大鵬感覺到自己心跳快了起來，身體也起了明顯的生理反應。

計程車正在高速公路奔馳著，大鵬半躺在後車座，從他的角度仰望出去，是夜空以及一盞一盞的路燈不斷地往後飛馳。

凱蒂又換了一個姿勢，仍然靜靜地抱著大鵬。大鵬似乎可以感覺到那裡存在著一個模糊，但又確實存在的界限。這個輕易可以逾越的界限，只要輕輕跨過，整個世界對他來說，會變得完全不同。

但說不上來為什麼，大鵬沒有前進的欲望，也沒有後退的衝動。或許他覺得自己和葉志民

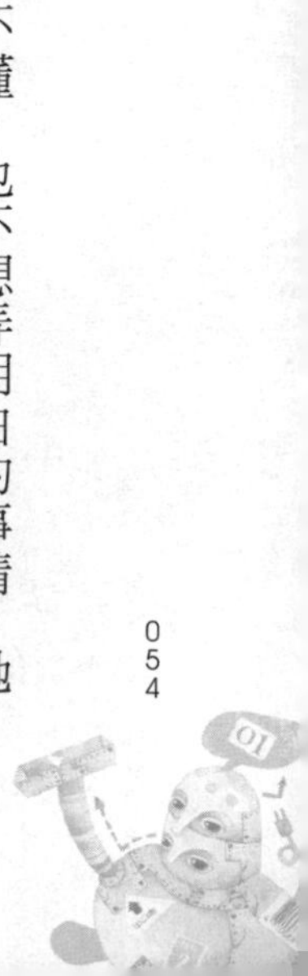

那個世界格格不入，也或許是聽到了凱蒂說著預售屋、咖啡店這些夢想，也或許他只是醉了，或者是累了，他就這樣安靜地抱著凱蒂，也讓凱蒂抱著他，任汽車搖籃似的晃啊晃地。

大鵬就這樣慢慢睡去，直到他感覺到汽車的速度慢了下來，才清醒過來。汽車轉了個彎，轉進一條巷弄，最後停了下來。

「到了。」司機說。

凱蒂從大鵬身上爬起來，甩了甩頭髮，問大鵬說：「我家就在這棟公寓上面，要不要上來坐坐？」

大鵬遲疑了幾秒鐘，只是很短的幾秒鐘。

「改天吧。」

「我明白了。」凱蒂意味深長地笑起來，她從皮包掏出一張名片來，交給大鵬。「不管如何，還是歡迎你有空找我。」

大鵬想起襯衫口袋剩著沒有發完的鈔票，連忙拿出來交給凱蒂。

「對了，這是妳的，謝謝妳，」大鵬說：「今天晚上很愉快。」

「嗯。」凱蒂接過鈔票，若有所思地想著不知什麼事。過一會兒，她對大鵬說：「對了，葉董教你的方法，你應該試試看的。」

「什麼？」大鵬問。

「你是個好男人。對你老婆放鬆一點，你應該試試看的。」凱蒂慧黠地笑了笑，說完，打開車門，走下車去。

大鵬一直看著凱蒂，看她走到公寓前，打開大門，對大鵬揮了揮手，大鵬也對她揮手，直到她消失在關上的大門後面。

「先生，」司機問：「接下來還去哪裡？」

大鵬這才放下揮動著的手，告訴司機家裡的地址。

5

洗完澡，大鵬換上睡衣，從浴室走出來時，看見玟玟正在床上做睡前運動。

房間裡是分開的兩張單人床，中間是擺著床頭燈的小櫃子。大鵬給自己倒了一杯水，坐到床沿，打開櫃子抽屜，拿出了維他命丸。邊吃維他命丸，邊安靜無聲地看著玟玟做抬腿的動作。

玟玟做完了抬腿之後是側抬腿……這樣做了幾下之後，她注意到大鵬正看著她。

「怎麼了？」玟玟問。

「我在想，」大鵬說：「妳每天做睡前運動，身材好像維持得不錯。」

「這算是稱讚嗎？」

「我在想，搞不好我也應該學妳一樣，每天睡前做一些運動。」

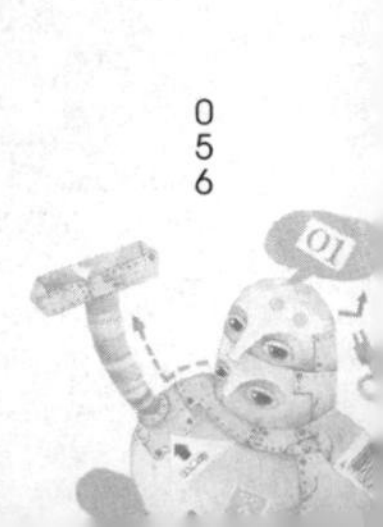

「很好啊。」

「妳現在做的是什麼？」大鵬側臥到床上去，學玟玟開始抬腿。

「這是側抬腿，」玟玟說：「可以減少大腿內部的贅肉。」

「是噢，這樣要做幾下？」

「十二下一組，一共三組。」

大鵬跟著做了幾下之後，玟玟又趴到床上去，開始往後抬腿。邊做，玟玟邊說：「後抬腿，可以雕塑你臀部的曲線。」

大鵬連忙有樣學樣。

好不容易做完了三組後抬腿，玟玟又坐回床上，從床頭櫃抽屜拿出乳液，開始塗抹。大鵬也坐回床沿，靜靜地看著玟玟這裡塗塗、那裡抹抹。

「玟玟。」

「什麼事？」

「關於昨天，」大鵬說：「我想了想……」

玟玟塗抹的動作停了下來，她轉過頭，看著大鵬。

大鵬站了起來。「我在想……關於妳的新造型，應該是我剛開始不太習慣，妳這樣其實很年輕……很好看。」

「不會吧，」玟玟譏諷地說：「是你很誠實，說出內心的實話。」

「不是，不是。是我的美學標準落伍了。」

看得出來玟玟有幾分高興。大鵬坐到玟玟床沿，把手搭上她的肩膀，不過被玟玟不動聲色地拿下來。

大鵬說：「別這樣啦，是我不好，都不會鼓勵，只會潑冷水，對不起，真的很對不起啦。」

「豈敢，是我太俗氣了，滿腦子物質慾望，一點也不知道追求精神層面的事……」

「對不起啦，是我不好……」大鵬開始唱兒歌，「我怎麼說了那句話，我怎麼說了那句話，為什麼？為什麼❹……」唱著，還把手放到玟玟肩膀上。

「沒有為什麼啦，是我老了，不能跟人家模特兒比，不能像人家會賺錢可以買漂亮衣服……」

大鵬繼續唱歌：「一轉身，我哭了，眼淚滴滴地流下來，」他邊唱，邊輕搖玟玟的肩膀，「對不起，對不起，我愛妳，好老婆……」

玟玟被大鵬搖得臉上露出了笑意。

「妳原諒我了，對不對？」大鵬更用力地搖，「對不對？對不對？原諒我了，對不對……」

玟玟把大鵬的手拿開，笑著說：「不原諒啦，晚安。」說完，躺進被窩裡，還故意閉上眼睛。大鵬坐在床沿，說：「玟玟，我們不要吵架了，好不好？這樣真的很累欸。」

「誰在跟你吵架？」

「那就好。」

大鵬起身，回到自己的床前，坐在床沿。

「P—S，P—S。」

「什麼？」玟玟轉過頭。

「我在想，」大鵬說：「妳以後不要簽那個什麼帳單了，好嗎？」

「好哇，」玟玟立刻坐了起來，「我還以為你今天誠心誠意跟我道歉，原來是有目的。不行。」

「可是如果我們沒有吵架，這樣記帳好像很奇怪。」

「我說過了，沒有在跟你吵架啊。」

「如果沒吵架，為什麼要這樣呢？」

「你賺你的錢，我賺我的錢啊，這樣大家對這個家庭都有貢獻啊。」玟玟又躺回床上去，閉上眼睛。「麻煩你等一下關燈。晚安。」

大鵬坐在床上，安靜地想了一下。「P—S，P—S。」

「又怎麼了？」玟玟又睜開眼睛。

❹編註：〈對不起媽媽〉，黃友棣作品。

「真的沒有在吵架？」

「不是說過了嗎？沒有。」

「如果沒有的話，」大鵬說：「我今天過來睡，好不好？」說著，大鵬站了起來，作勢要過來玟玟的床。

「欸，欸。」

玟玟慌忙坐起來，看見大鵬正站在床旁，嘻皮笑臉地看著她。她靈機一動，轉身從抽屜裡拿出紙筆，在上面寫字，交給大鵬。

大鵬問：「這什麼？」

玟玟：「我的費用。」

「費用？」

「休息五千，過夜一萬。你先簽單。」

「妳是在說真的，還是開玩笑？」

「我看起來像在開玩笑嗎？」

「妳不是說沒有在吵架嗎？」

「沒吵架不代表一定就可以P—S，P—S啊，」玟玟看著大鵬，沉默了一下，又說：

「嫌貴啊？嫌貴就拉倒啊。」說完，閉上了眼睛。

大鵬坐回自己的床，關上床頭燈，在黑暗中安靜了一會兒。

「好啦，五千就五千。」

「現在變成一萬了。」

「什麼？剛剛不是說五千的嗎？」

「剛剛是休息，現在關燈，就算過夜。一萬塊。」

「可是……妳不能。我真的沒有……」

「沒有就拉倒。」說完，玟玟把頭和身體轉了過去。

6

隔天大家都上班、上學去了。玟玟在洗衣前整理大鵬的襯衫時，發現了一張寫著「凱蒂」的粉紅色名片。

那是一張淡粉紅色的名片，除了佔版面三分之二的猩紅唇印外，上面只印著一行手機電話。

玟玟聞了聞大鵬的襯衫，除了酒味外，還有一股濃濃的女人香水味道。她把衣服翻了翻，竟然發現領口附近，還有女人的口紅印漬。

玟玟有點激動，立刻放下襯衫，拿著名片，走出浴室，拿起客廳的電話開始撥名片上的電話。

電話撥到一半時，玟玟停了下來。她忽然想，電話萬一接通了，她該說什麼呢？於是她掛斷了電話。

左想右想，玟玟決定撥電話給莉莉。電話很快接通了。

「莉莉啊，我是玟玟。」

「怎麼了？」

「妳老公昨天是不是和我老公一起出去應酬？」

「是啊，怎麼了？」

「我今天洗衣服時，發現我老公襯衫有女人的口紅印漬，整件襯衫全是酒味、香水味。」

「先生在外面應酬，這很平常啊。」

「真的嗎？我還在他襯衫裡面找到一張寫著『凱蒂』的粉紅色名片呢。」

「發名片表示初次見面啊，外面這些花花草草，只要不是長期在聯絡的，就不用擔心……」

「是噢。」玟玟安靜了一下，「那我現在該怎麼辦？」

「當作妳從來不知道這件事，把名片放回襯衫口袋裡，讓洗衣機洗個稀爛，讓他也以為妳不知道這件事。」

「都不用跟他提一下嗎？」

「提一下又能怎麼樣？」

「可是要是他在外面真的有怎麼樣，哪怕只是逢場作戲，我一定會覺得很髒，再也不要讓他再碰我了。」

「那妳就當作沒有嘛。」

「這樣好嗎？」

「玟玟啊，」莉莉說：「外面的女人，只要不是一直有在聯絡的，我根本不擔心。再說，如果你們連這麼點基本的信任都沒有，婚姻怎麼維持下去呢？」

「噢。」

掛上電話，玟玟走回浴室，把名片放回大鵬襯衫，正要丟進洗衣機時，忽然又停了下來。玟玟拿出名片，到客廳去找了一枝筆，把凱蒂的名字和電話都抄下後，才走回浴室，把名片放回襯衫，丟進了洗衣機。

★

中午時分，大鵬和Jeff在地下室用餐。

Jeff說：「她要簽帳你就簽帳。女人整天在家做那麼多事，撒撒嬌，需要被肯定，你就配合配合嘛。」

「問題是，到月底時算帳，難道真要給她錢嗎？」

「到時候看氣氛嘍。你要真欠錢不還，難道她還法拍你的房子，或送你進監獄？」

大鵬沒再說什麼，無精打采地繼續吃他的飯。

Jeff忽然問：「對了，昨晚離開溫泉旅館時，葉老師給了你一個東西，可以實現三個願望什麼的，到底是什麼？」

「還沒看呢。怎麼了？這種怪力亂神的事你也信啊？」

「搞不好他真的有什麼神力，不然怎麼會賺那麼多錢。」

「你那麼有興趣的話，我請人拿下來給你看。」

「好啊！我有興趣。」

大鵬打了一個電話進辦公室，請辦公室助理下來吃飯順便把東西拿過來。

「對了，」Jeff問：「昨天後來怎麼樣？」

「什麼後來怎麼樣？」

「那個凱蒂啊，怎麼樣？」

「沒怎麼樣啊，」大鵬說：「就送她回家啊。」

「送她回家之後呢？」

「我就回家了啊。」

「就回家了？沒有什麼下文？」

大鵬搖頭。

「你知道葉老師早買好單了嗎？」

大鵬點點頭。「我想也是這樣。」

Jeff一臉不可思議的表情說：「你是說，你從結婚後到現在，從沒在外面怎麼樣過？」

大鵬搖頭。

「天哪，」Jeff不可置信地說：「你簡直稱得上台灣之光，全民楷模了。」

「可是為什麼像你這樣的男人吃香喝辣，像我這樣的全民楷模卻一天到晚跟老婆吵架呢？」

「想知道秘訣嗎？」Jeff吃了一口菜，細嚼慢嚥之後，慢條斯理地吞到肚子裡，才意味深長地說：「相敬如賓。懂嗎？有些我的事啊，她不問我，有些她的事，我也不問她，大家保持距離，尊重彼此的秘密，這樣，世界就美好了。」

大鵬看著Jeff，有點不以為然地笑了笑。

辦公室的助理把Jeff想看的文件拿了下來，交給大鵬。

大鵬接過文件，打開牛皮紙袋，Jeff立刻好奇地問：「這是什麼？」

大鵬把裡面的文件拿出來，一共有三件。三件文件的襯底全是同樣的星球球體，頭一份用英文寫著：Lunar deed「月球土地契約證書」一英畝。證書上有編號，還有發行人的簽名。

第二份是地圖，詳細的表示著土地所有權所在的位置。

第三份是關於月球的憲法及權利法案證書。

「好像是月球的土地所有權狀。」大鵬說道，把所有權狀交給Jeff。

「月球的土地所有權？」Jeff接過權狀，看了一眼，「等一下，這裡有個網址，我來查一下。」Jeff 拿出隨身的iPad，輸入了所有權狀上的網址，津津有味地讀了起來，邊讀邊說：「有意思。」

大鵬問：「什麼有意思？」

Jeff說：「這裡說，根據一九六七年國際間制定的外太空法，的確任何政府不得宣稱他們擁有地球以外的土地或任何資源的所有權。」

「所以是騙人的啊。」

「不對，不對，問題是，外太空法並沒有規定個人或私人企業不能擁有外星球土地啊，所以有個公司就鑽這個法律漏洞，開始賣起月球的房地產來了。」

「根本就是胡鬧，這簡直太荒謬了。這種東西誰會買？」

「當然有啊。這裡說，現在全世界買月球土地的人已經高達三百多萬人了。」

「三百多萬人？瘋了。這些人買月球土地幹什麼？」

「等等，這裡舉了很多名人，都買了月球的土地呢。我看看，」Jeff說：「網頁上說，這些土地可以送給男女朋友當作禮物，還有人拿去拍賣，當成給慈善機構的捐款呢。」

「難道還真去月亮上蓋房子住嗎？」

「沒有人真要你去蓋房子啊。葉老師不是說了嘛，對它許願，它會實現你的三個願望。」

「我才不信呢。」
「欸，你最好不要不信，否則，葉老師怎麼會賺那麼多錢？」
「最好許什麼願就都可以實現。那我要許願，月亮啊月亮，就讓我套牢的『萬象』、『大地』兩支股票今天都漲停板。」
「等等，那天葉老師不是說要唱首歌嗎？你這樣許願不算……」
「你還真要試啊？」
「試試看有什麼關係？我記得好像要唱首歌還是什麼的，對不對？」
「那天葉志民唱的好像是……」大鵬忽然想起什麼，「對了，他唱的是：你問我愛你有多深，我愛你有幾分……」
「〈月亮代表我的心〉。」
「對，月亮。他說和這個東西的關係越密切越好。」
Jeff想了一下，用力彈了一下手指。「有了，唱這首好了。」他開始唱：「走，帶我走，走出空氣污染的地球❺……記不記得？」
「好像有印象。」
「張雨生唱的啊，帶我去月球，那裡空氣稀薄。帶我去月球，充滿原始坑洞……」

❺編註：〈帶我去月球〉，張雨生作詞、作曲。

大鵬興奮地說：「〈帶我去月球〉。」

「對，就唱這一首。」

Jeff又在iPad上打了幾個字，找到了歌曲，對大鵬說：「唱吧。」

「真要唱？」

「當然啊。」

大鵬有點彆扭，但拗不過Jeff的催促，只好硬著頭皮開始唱：

帶我去月球，那裡空氣稀薄。

帶我去月球，充滿原始坑洞……

唱了半天，Jeff笑了起來。

大鵬問：「什麼事那麼好笑？」

「沒事。」Jeff說：「好啦，現在許願。」

「好，許願，」大鵬雙手合十說：「月亮啊月亮，請你保佑我套牢的股票『萬象』，還有『大地』，今天統統漲停板。」許願完畢，大鵬放下雙手，一臉挑釁的表情說：「就看到一點半收盤，看它會不會漲停。」

「不太可能吧？今天的大盤要死不活的。」

「可是，你要知道，葉老師報的明牌可是很準的。」
「真的？」
「騙你幹什麼？股票光是最近這一波，我就賺了快一百萬。」
「一百萬？」
「騙你幹什麼？再說，葉志民是你老同學，他總不會騙你吧？」
「你知道嗎？葉志民從前是文藝青年，那時候他一天到晚蹺課，成天就夢想著要當劇作家。那天晚上看到他一身肥肉在那裡撒錢的模樣，總覺得人生實在很諷刺……」
「你想，要是他真的達成了自己的夢想，變成了劇作家，現在他的生活會變成什麼呢？一個劇作家的人生，不外是為了生活搖筆桿，為了賺幾個錢到處求人。這種生活會比當葉老師有尊嚴？假如他真的變成了劇作家，到頭來那樣的人生，我看才叫做諷刺呢。」
「你不覺得人應該有些夢想還是什麼的嗎？」
「請問你從前的夢想是什麼？當總統？得諾貝爾獎？還是拯救世界？到頭來，有誰的理想長大後，真的實現了？」
「可是如果人生只是賺錢、喝酒、找女人，你不覺得……怎麼說呢？」大鵬想了想說：「應該說很平庸吧？」
「平庸？」Jeff笑了笑，「一種是不平庸卻窮困潦倒，另一種是平庸、腦滿腸肥卻人見人愛，你選哪一種呢？」

★

Jeff離開後，大鵬一個人又在餐桌前坐了一會兒，想著自己的心事。

一點二十分左右，Jeff打電話給他。

「你猜發生了什麼事？」

「什麼？」

「你那兩支套牢的股票，就在剛剛，全都飆到漲停板了。」

「真的？」

「當然是真的。我就跟你說葉老師有神力你不信。天啊，我也要上網去買月球的土地所有權狀了。」

掛斷電話，大鵬連忙打開股票軟體，Jeff說得沒錯，就在一點鐘左右——差不多是他許應了這個願望之後，「大地」、「萬象」彷彿得到神助似的，在二十分鐘之內，戲劇性地飆向漲停板。

「天哪！」現在大鵬總算有點真正的感受到Jeff剛剛那種興奮了。

7

我本來以為簽帳單的事會像過去所有吵吵鬧鬧的事一樣，很快就會自行解決。然而事情並非如此。漸漸地，我們家不但三餐、下午的點心要簽帳單，連洗衣、燙衣服也要簽「清潔費」帳單……

總之，事情完全和過去不同，這些事情不但沒有自行解決，你反而感受得到，它就是在變大。

當然，變大指的不是爸爸、媽媽又開始大吵大鬧那種。它反而是一種說不上來的感覺，更接近像看鬼片時，雖然鬼還沒出現，但是你就是知道鬼已經在那裡了的意思一樣。

舉個例子，好比說，禮拜天早上，莉莉阿姨來家裡時，會故意在媽媽面前，對小潘、妹妹和我說：「你們覺得你媽媽是在和你爸爸計較錢嗎？」

我們當然都搖搖頭。

「不然你們覺得你媽媽計較的是什麼？」

這樣問，我們的頭搖得更厲害了。

「你們想想，如果媽媽在乎的是錢，當初銀行的工作不要辭掉就好了。你們知道嗎？和她同期的員工，現在都升到經理了。」莉莉阿姨又說：「你們知道經理的薪水一個月多少錢嗎？」

我們搖頭。

「比你們爸爸薪水的一倍半還多啊。」

「所以啊，」莉莉阿姨繼續說：「你們媽媽只是覺得除了爸爸賺錢外，她雖然沒有賺錢，但她的許多付出對這個家一樣有貢獻。因此，家裡每個人都應該尊重別人的貢獻，這樣明白嗎？」

小潘問：「那我對這個家的貢獻是什麼？」

「如果你很聽話、很乖，就是最大的貢獻。」媽媽又補充說：「但是你的貢獻很少。」

妹妹搶著問：「我貢獻比小哥多，對不對？」

媽媽說：「妹妹比較乖。」

我問：「既然妳賺的錢比較多，當初為什麼還要辭職呢？」

「當然是因為你、小潘還有妹妹出生了啊。媽辭職，就是為了要好好照顧你們啊。」

「噢。」唉，我心想，豬頭，我還真是自取其辱啊。

莉莉阿姨說：「所以，你們媽媽不是在和你爸爸鬧彆扭，也不是在計較錢，就像媽媽很尊重爸爸對這個家的貢獻一樣，你們媽媽只是要求爸爸要尊重她對這個家的貢獻。」

我們都沒說話。

媽媽說：「莉莉阿姨這樣說，你們明白嗎？」

我看見妹妹、小潘都點點頭。然後大家都看著我。於是，我只好也跟著點頭。

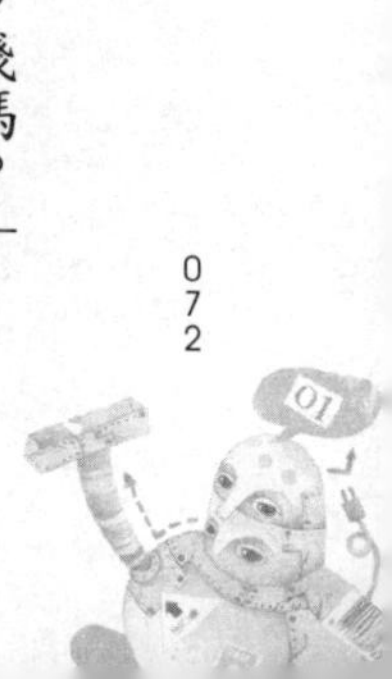

這樣的機會教育當然不是什麼壞事，但問題是，到了下午爸爸又會把我們全找過去，問我們：「你們真的覺得爸爸是一個把錢看得比什麼都重的人嗎？」

我們當然也都搖頭。

「你們明白就好。」爸爸若有所思地說：「爸爸並沒有把錢看得比什麼都還重，爸爸只想告訴你們，對於錢，我們要有『防火牆』的觀念。」

妹妹問：「什麼是防火牆？」

爸爸說：「防火牆的意思就是……好比說，家裡發生了火災，如果沒有防火牆，那麼火災就很有可能把家裡的一切全燒光。」

我說：「家裡全燒光了，就什麼都沒有了啊。」

「所以，」爸爸說：「我們要節省一點，另外準備一些多餘的錢，以備發生意外時的不時之需，這就是防火牆的概念。這樣也是為了大家好，這樣你們明白了嗎？」

我點點頭。

「可是，」妹妹睜大了眼睛問：「我們家為什麼會有火災呢？」

完了，她又開始要追根究柢了。

「火災當然有可能啊，我們家裡每天都要燃燒很多東西啊……」

「燃燒什麼呢？」

小潘瞪了妹妹一眼說：「燃燒錢。」

「因此，」爸爸說：「該花的錢當然還是要花，但能節省的錢，我們還是要節省，爸爸這樣說，全是為了這個家好。以後你們長大，讀書什麼的，都還要花錢，因此非得有『防火牆』不可。爸爸這樣的苦心，你們明白嗎？」

我們當然也只好異口同聲說：「明白。」

但問題是，如果爸爸、媽媽都沒有在計較錢，他們也都為了家裡好，為什麼我們家天天做什麼事都還要簽帳單呢？總之，那些本來我們都明白的事情，加在一起之後，很容易變得一點也不明白了。

★

在這種「鬼」異的情況下，做什麼事情你都要很小心。但麻煩的是，無論你再怎麼小心，有時候，你還是無法避免鬼上身。

我再舉一個例子，就像今天晚上我跑去問媽媽功課的事情。本來事情都很順利，然而，就在我問完功課轉身要離開時，媽媽忽然說：「等一下，大潘。」

她從口袋拿出一張簽帳單，把原來的餐費塗掉，寫上：「家教費五百元」，然後對我說：「這個帳單你簽一下。」

因為不是我付帳，所以我當然廢話少說地拿起原子筆就簽，偏偏名字簽了一半時，爸爸正好走過來開冰箱倒水喝。

爸爸瞥了一眼問：「大潘這麼晚了還簽帳單，吃消夜啊？」

我說：「不是消夜，是家教費。」

我才說家教費，爸爸喝了一半的水差點沒嗆到，停了下來。

爸爸放下喝了一半的水，眼光轉過來看著那張帳單。他指著帳單上面的五百元問媽媽：「這家教費五百塊是怎麼定價的？」

我曾看過一部電影，裡面有種地雷，就是一踩上去，你就動彈不得了，否則，引信一旦跳起來，你就完蛋了。

我深吸了一口氣，定定地站在那裡一動也不動。我心想，這下可好，我踩中了「動彈不得」地雷了。

媽媽看了爸爸一眼，把帳單推到爸爸眼前，慢條斯理地說：「請一個家教一個月來八次費用是四千元，除以八天，得到每次五百元。」

爸爸說：「請問教養孩子，媽媽沒有責任嗎？」

媽媽說：「那我請問，爸爸有沒有責任？」

「教養孩子，父母親當然都有責任。」

「好，大潘，」媽媽說：「你老實說，從你上國中以來，找你爸爸問過功課幾次？」

我想了一下，搖搖頭。

媽媽問：「搖頭是不知道，還是沒有。」

「沒有。」

爸爸看起來很不高興，試圖忍耐，但最後他還是忍不住了。「教育孩子，是義務，也是責任。不需要什麼事都是錢錢錢錢錢……」他抓起帳單，衝動地把帳單撕成兩截，又撕成四截，對我說：「大潘，以後你有功課都來問我。你媽不想負責，我來負責。」

看得出來媽媽眼睛簡直就要冒火了，可是媽媽也在忍耐。她從口袋裡拿出另一張帳單。她說：「大潘，你把這個交給你爸爸。如果他要負責的話，請他連這個也一起負責。這筆錢無論如何是不可能從家用的費用裡支出的。」

於是我用左手從媽媽那裡接過帳單，交到右手，再用右手交給爸爸。其實媽媽自己就可以交給爸爸，可是他們現在在吵架。

「大潘，」爸爸接過帳單之後說：「你去問你媽媽，這是什麼？」

還不等我轉身去問媽媽，她就開口說：「你告訴你爸爸，上次你爸爸在電視購物台買的，已經被我退回去的那台可揹式吸塵器。」

現在你看到了吧？我說的「鬼上身」就像這樣。

不等我說話，爸爸就說：「你去問你媽媽，她的意思是要我去繳就對了？」

媽媽也對我說：「大潘，你告訴你爸爸，他要去繳款或去退款隨便他，反正這台吸塵器不干我的事。」說完，媽媽看了爸爸一眼，轉身離開了。

爸爸就這樣看著那張帳單，經過了將近半分鐘吧，才注意到我的存在。

「你怎麼還在這裡？」

地雷。我心想。可是我什麼都沒說。

看著我無奈的表情，爸爸慈祥和藹地說：「回房間去做功課吧。」

「噢。」雖然我嘴巴這麼說，但是我還是等爸爸離開之後，才小心翼翼地從踩住的地雷上走了下來。

8

隔天一早，孫副總才剛離開辦公室，大鵬悄悄地從公事包把信用卡公司的帳單找出來，拿起辦公桌上的話筒，開始撥帳單上的客服電話。沒多久，話筒裡傳來電話語音：

「大東公司，你好，要聽國語請按１，聽台語請按２，for English serveic please dial ３。」

大鵬按１。

「大東公司，你好，查詢年費相關問題請按１，信用卡業務請按２，銀行業務請按３，貴賓卡請按４，理財投資網請按５，確認語音催繳及簡訊服務請按６……」

「這是什麼？」大鵬按２。

「掛失及海外服務請按1，債務及可用額度查詢請按2，開卡、辦卡及卡片使用問題請按3，最新活動請按4，預借現金及貸款請按5，各項權益及服務請按6，紅利點數請按7，需要專人服務請按9。」

「還有？」大鵬按9。

總算出現客服人員的聲音。「大東信用卡，你好。」

「我收到的帳單有問題，我想請教……」

「請問你的卡號是？」

大鵬找出信用卡，照唸。

「請稍候。」

大鵬回頭張望了一下孫副總的辦公室。

「潘先生，你好，請問有什麼需要服務的嗎？」

「這次的帳單有一筆，可揹式吸塵器，有沒有？我跟電視購物台買的，可是貨根本沒有收啊，怎麼就已經發出繳費通知了？」大鵬聽見對方敲鍵盤的聲音。

「對不起，潘先生，帳單是電視購物台發給我們的。這上面說，他們已經出貨了。」

「他們是出貨了沒有錯，問題是我並沒有收。」

「所以你是收了貨，又退貨了？」

「我不是退貨，我是根本連貨都沒有收……」

「可是這上面記載的，他們已經出貨，這表示，他們應該已經把貨送到你手上了。」
「貨是有送到我手上，問題是我沒有收……」
「潘先生，如果你對有沒有收到貨品有疑問，你可以回去找電視購物台。」
「我沒有疑問，我是根本沒有收。」
「對不起，你還是應該回去找電視購物台申訴，我們必須先收到他們的訊息，才能註銷這筆費用。否則，從到期日之後衍生出來的循環利息可能到最後還是會由你來負擔……」
「這根本就是莫名其妙嘛。」
「很抱歉，可是公司就是這樣規定的。」
「規定可以改嘛。」
「對不起，這不是我的權限。」
「我要跟你們經理說話。」
「對不起，這也不是我的權限。」

★

結束午餐後，大鵬回到辦公室，繼續打電話給購物台。
電話接通了，線上的聲音說：「歡樂購物台，你好。」
大鵬說：「我的信用卡上有一筆你們公司吸塵器的帳單，可是我並沒有收到貨品……」

「對不起，先生，我們這裡是訂購熱線。如果你的訂單有什麼問題，我給你另外一個電話號碼，請你打這個專線喔。」

★

「潘先生，你好。歡迎使用歡樂購物台的產品，你的訂單已經找到了。根據電腦顯示，你說的這筆訂單已經出貨了噢。所有的貨品都有七天的鑑賞期，如果你要退貨，貨品包裝內都有單據，以及退貨單還有退貨說明，你直接退回來就可以了。」

「問題是我這裡沒有貨品啊，怎麼退貨呢？你們不但charge了費用，信用卡公司也都寄帳單來了。」大鵬抓著話筒，回頭看了一眼孫副總的辦公室。

「稍待，我幫你查一下……」

「天哪！」大鵬拍了一下額頭。

「這位先生，根據我們的紀錄，這件貨品，我們已經出貨了。」

「問題是你們有出貨，我沒收啊。」大鵬說：「我現在要求你們取消這筆訂單，並且把這個消息告訴信用卡公司。」

「可是既然已經出貨，我就沒權限取消訂單啊。」客服人員停了一下說：「這樣好了，我再給你另一個電話號碼，你可以撥北部地區的貨運部門查一查。」

「不要再給我任何電話號碼，我已經受夠了。」

「對不起。」
「我也不要聽對不起，我—要—解—決—問—題。」
「我現在就是幫你解決問題啊。」
「難道你不能查一查嗎？」
「我已經查了啊。」
「你就不能幫我直接退貨嗎？」
「先生，你不是在開玩笑吧。現在連貨在哪裡都不知道，怎麼退貨呢？」

★

現在是北部地區貨運部門。
「貨品投遞失敗的流程是怎麼樣？」大鵬問。
「如果是貨品投遞失敗流程就比較麻煩了。我們會退回桃園總倉儲，至於桃園總倉儲之後的流程怎麼走，你有興趣的話，我可以給你桃園總倉儲的電話號碼。」
「你知道我已經打了多少通電話了嗎？」
「先生，給你一個衷心的建議。如果你真要退貨的話，把貨品收下來吧。依照退貨單的辦法，直接把貨品寄回總公司去，沒有比這更省事的辦法了，真的，我不騙你。」

★

大鵬忿忿地走進配送站。對著辦事小姐說：「我就是剛剛打電話來那個潘先生。」

辦事小姐看了他一眼，指著角落問：「是不是那台吸塵器？」

大鵬走過去看了一眼，是可揹式的吸塵器沒錯，上面有著玟玟的名字。他把整個包裹拿過來辦公桌前。

「如果沒錯的話，」辦事小姐又指著上面的簽收單說：「請在這上面簽名。」

大鵬簽了名，把簽收單交給辦事小姐。「妳可不可以借我一把剪刀？」

小姐打開抽屜，拿出剪刀，交給大鵬。

大鵬接過剪刀，二話不說開始拆包裹。

「你要幹什麼？」

大鵬打開包裹，拿出裡面的退貨單，對辦事小姐說：「我把退貨單填一填，就在這裡退貨。」

「對不起，」辦事小姐說：「我們這裡只負責接單送貨，不負責退貨。」

「我不懂，」大鵬沒好氣地說：「如果今天我不來，你們還不是一樣把貨退回去。」

「那是走我們自己原來的流程啊，現在貨品你已經簽收，就是你的了。我們這裡是配送站，不能直接接受客人的委託送貨，這樣你明白嗎？」

「那我該怎麼辦？」

「這裡不是有地址嗎？」辦事小姐指著說：「如果你要退貨的話，你應該把這貨品直接郵寄退給總公司才對啊。」

「妳知道為了這個，我已經搞了一整天了嗎？」他用力拍了一下桌子，大罵：「你們到底講不講道理嘛？」

辦事小姐也不甘示弱，用更大的聲音說：

「現在到底是誰不講道理？你們先是訂了貨，二次投遞不收，現在又跑來說要領貨。好了，貨給你了，你又打開說要退貨。退貨有退貨的流程嘛，我這裡是配送站，又不是營業點。」

大鵬瞪著辦事小姐，呼吸越來越急促，他失控地嚷著：「叫負責人出來！我要和他說話。」

才說著，大鵬就看見一個赤裸上身、手臂刺青，身高少說一百八十幾公分，身材魁梧的男人從裡面倉庫走出來。

「我就是負責人。」他不懷好意地看著大鵬，問：「什麼事？」

★

便利商店的店員量完了吸塵器的包裹，對著大鵬說：「包裹太大，我們無法收件，這麼大的包裹你可以到附近的郵局去寄啊！」

大鵬於是抱起包裹衝出便利商店，加緊腳步往郵局方向走。

走路的時間比大鵬預計的長了一些。更意外的是，等大鵬終於氣喘吁吁地走到郵局門口時，鐵門已經拉下來了。門口一張木牌刻著：

營業時間

郵務：週一到週五上午九點—晚上六點

儲匯：週一到週五上午九點—晚上六點

大鵬有點搞不懂，如果郵務和儲匯都是同樣的時間，為什麼要分成兩行書寫。不過這個世界他搞不懂的事太多了。

他看了看手錶。時間是晚上六點零二分。

★

大鵬就在郵局前的長椅上坐了下來。他從公事包裡拿出一包煙，點火，抽了起來。

想起來，人生還真有點諷刺。他遇見了一個女人，和她結婚，生了孩子，出賣自己大部分時間工作、賺錢，建立了這個家庭。這是他的人生最重要的一切，也是他大部分的時間忙忙碌碌的理由。然而他現在卻一點想回家的感覺也沒有。

正想著，Jeff打電話來了。

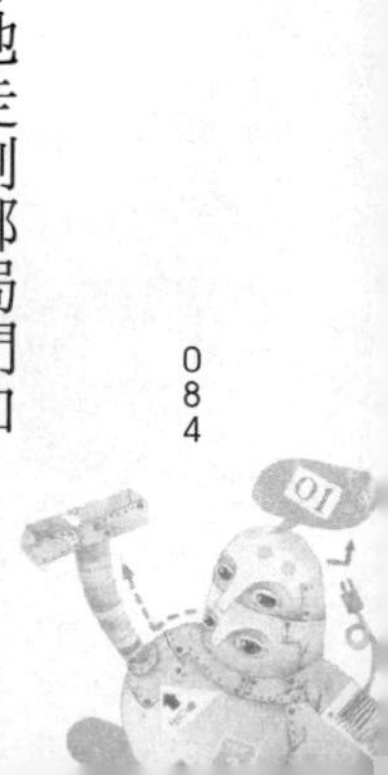

「大鵬啊，葉老師最近有支明牌是未上市盤，叫『一通資訊』。如果一切正常的話，年底會掛牌上市，他要我轉告你，如果要買的話，可以透過他進場。」

「我哪有閒錢啊？」

「你的『萬象』、『大地』，不是解套了嗎？換股操作啊。」

「沒問題嗎？」

「葉老師神準的，你又不是不知道。不信的話，買了以後，你再向月球許願不就得了？」

「是噢。」

「總之，反正我們都進場了，你的高中同學怕把你漏掉，要我傳話，話我傳到了。就這樣，買不買隨便你嘍。」

掛斷電話，大鵬發現手上的煙還燃著，於是一個人坐在那裡，安靜地把煙抽完。丟掉煙蒂後，大鵬從公事包拿出了那張月球土地契約證書，邊端詳，邊哼起了歌：

走，帶我走，走出空氣污染的地球……

唱完了歌，大鵬把所有權狀拿到面前，對著它說：「月亮啊月亮……」本來他要說「我想許的第二個願望是，明天買了『一通資訊』之後繼續三個漲停板」的，不過話到嘴邊，大鵬忽然覺得有種說不出來的荒謬感。

一整天都在幹什麼呢？

打了無數電話，奔波了半天，他拿回了這台玟玟拒收的吸塵器，然後坐在這裡對著一張沒有人承認的什麼月球土地契約證書許願。

大鵬笑了笑，改口促狹地說：「月亮啊月亮，如果你真的有魔力，就讓馬路上整排汽車，尾巴朝前、車頭朝後倒著開吧。」

說完，把月球土地契約證書收進公事包，拎著公事包、吸塵器起身沿著郵局的巷子往回家的方向走。

大鵬走上大馬路，停在紅綠燈前準備過馬路。忽然看見一部載運轎車的大拖車疾駛過來，呼嘯而過。拖車上所有轎車全是尾巴朝前、車頭朝尾的方向。

「不會吧？」

一共有十二輛。全倒著走。等拖車走遠了之後，大鵬在原地發了一會兒愣。

現在大鵬從公事包裡把月球土地契約證書又拿了出來，認真又仔細地看了半天。他告訴自己，這次一定要好好的許個正經的願望。

帶我去月球，那裡空氣稀薄。

帶我去月球，充滿原始坑洞……

唱完了整首歌之後，大鵬雙手合十，正經地說：「月亮啊月亮，如果你真有魔力的話，我的第三個願望是……」正說著，前方不遠處有家「阿財彩券行」的招牌吸引了大鵬的目光。看板上是一個笑咪咪的財神爺，上面貼著大大的紅色紙條，寫著：

大樂透明晚八點開獎——本期累積獎金五億元。

就在剎那之間，大鵬改變了主意。

「讓我彩券中大獎吧！」他說。

★

一進門，玟玟看見大鵬手上那台吸塵器，衝突就發生了。

「不是叫你去處理吸塵器的事嗎？為什麼我好不容易退掉的吸塵器，你又把它抱回來？」

「我可不可以拜託妳，請妳不要再說了？妳知不知道我今天已經被這台吸塵器搞得一肚子烏煙瘴氣了嗎？」

「奇怪，你被吸塵器搞得烏煙瘴氣是你的事，幹嘛對我口氣這麼兇？」

大鵬沒好氣地說：「這台吸塵器我可不是為自己買的。」

「奇怪了……你把話說清楚，不是為自己買的，那你是為誰買的？」

大鵬沒回答。

「喂，你搞清楚，從頭到尾吸塵器都是你自己說要買的，我有說過我想要嗎？有嗎？」

大鵬看著玟玟，忿忿地從沙發上站起來，開始拆開包裹，從包裹裡把吸塵器零件一件一件拿出來，開始組合。

「你這是在幹什麼？」

大鵬只是低著頭，拚命地組裝著吸塵器。等吸塵器一組裝好，立刻插上電，把吸塵器揹在身上，打開開關。大鵬開始有模有樣地吸地。

「我想不通妳為什麼嫌這台吸塵器不好，」大鵬邊吸地，邊說：「它很方便啊，可以揹著走來走去，還不用彎腰駝背……」

「既然你喜愛，你就自己留著用，反正我是不會用這台吸塵器的。」

大鵬氣得關上吸塵器，定定地站在哪裡，看著玟玟。他說：「我。受。夠。了。」

「我。才。受。夠。了。呢。你受夠什麼？」

「我不懂，妳說要買生日禮物，好啊，我請莉莉陪妳去買生日禮物。妳說家事要算錢、要簽單，好啊，我就簽單。我不懂，我買吸塵器送給妳，有什麼好不高興的呢？好，就算我的品味、美學標準都落伍了，至少妳看看我的誠意嘛，到底要怎樣才能讓妳高興呢？」大鵬氣呼呼地說：「難道非得把月亮摘來討妳歡心，妳才會高興嗎？」

「你說得倒好聽？別說為我把月亮摘來討我歡心，只要你『想』過，我也就死而無憾了。

問題是，你『想』過嗎？這幾年，你曾經單純為了討我歡心，主動去做過任何事情嗎？」

「我不懂，妳為什麼不能『將心比心』，多珍惜一點別人對妳的善意呢？」

「你買了一台爛機器，還要求別人對你將心比心。我才不懂呢？為什麼你自己從來不站在別人的立場，也對別人將心比心呢？」

「這台吸塵器有什麼不好？」

「有什麼好？」

「妳只要說出這台吸塵器的缺點，哪怕只有一個，我就心悅誠服地把吸塵器拿回去退。」

「你揹著這個機器吸一、兩個小時的地板，不會腰痠背痛嗎？碰到角落、床底下、沙發時，你還要揹著這麼重的機器彎腰駝背下去吸，不會更痠痛嗎？再來，這台吸塵器的吸力沒原來那台強，吸地的時間一定花得更久。這麼多缺點還不夠嗎？你還要幾個？」

大鵬站在那裡半天不說話，過了好一會兒才賭氣地說：

「那如果有一種吸塵器，不用揹在身上，吸角落、床下也不用彎腰駝背，吸力也不輸給原來這台，我去買回來，妳就會高興嗎？」

「你去找來啊。」

9

那是隔天早上，吃完早餐，媽媽說她有事情要宣佈。

「今天是月底了，」媽媽把一本帳本放到爸爸面前，「趁爸爸明天領薪水之前，我想報告一下這個月的帳單，說得精確一點，是三個禮拜不到的費用。現在所有人都在這裡，有什麼問題正好可以問問簽帳單的人。」

爸爸拿起帳本，看了一眼，沒說什麼。

「你的部分的費用是九千七百七十五元。大潘是七千五百元，小潘八千九百五十元，妹妹是七千六百四十五元。一共是三萬三千八百七十元。」媽媽指著帳本的一處說：「這是食衣住行的分類，」又指了指另外一處，「下面是細項。如果沒有問題的話，我想向你請款。」

爸爸拿起帳本，沉默地翻了一會兒才停下來。他問：「玟玟，妳一定要這樣嗎？」

媽媽沒有回答。

沉默又持續了一下。

「所以，」爸爸說：「一共是三萬三千八百七十元？」

「這只是小孩的花費。」

爸爸又看了看帳本，他問：「妳自己的費用呢？」

「我不用你養，我會靠自己賺錢，養活我自己。」她指著帳本說：「這裡，我的清潔費是一萬元，還有洗衣費一萬元。」

「所以一共是五萬三千八百七十元。」爸爸顯然有點招架不住了。

「這還不包括水費、電費，小孩的補習費、鋼琴課的費用，這些都等通知下來時，再另外跟你算。對了，還有這張，」媽媽又從口袋拿出一張通知單：「這是這個月銀行的房屋貸款通知，一共兩萬八千五百元，等你明天領了薪水記得順便繳。」

「兩萬八千五百元？那一共是……」

「八萬兩千三百七元。」媽媽說：「我都幫你算過了。」

「可是，我的薪水也才十萬元左右。預扣所得稅百分之十，剩下九萬。現在再扣掉八萬兩千多，剩一萬元左右，將來水費、電費，還有小孩的補習費怎麼辦？」

爸爸看著媽媽。媽媽沒有說話。

爸爸接著又說：「還有……我的零用錢怎麼辦？」

「你的零用錢不歸我管。」

爸爸用手搖媽媽的肩膀，「我知道妳是在開玩笑的啦……」

「我沒有在開玩笑，」我本來以為媽媽要笑出來了，可是她沒有，她只是輕輕地把爸爸的手拿開，對爸爸說：「我是非常正經的。」說著，媽媽露出一個詭異的笑容，像日本料理店的員工一樣，必恭必敬地對爸爸深深一鞠躬說：「明天就拜託你了。」然後走開了。

好了，任何人就算術程度再差，也聽得出來，爸爸完蛋了。

我甚至猜得到，等明天小潘和我的補習費通知、還有妹妹的鋼琴學費通知單都發下來時，他就要破產了。

第二章

CHAPTER TWO

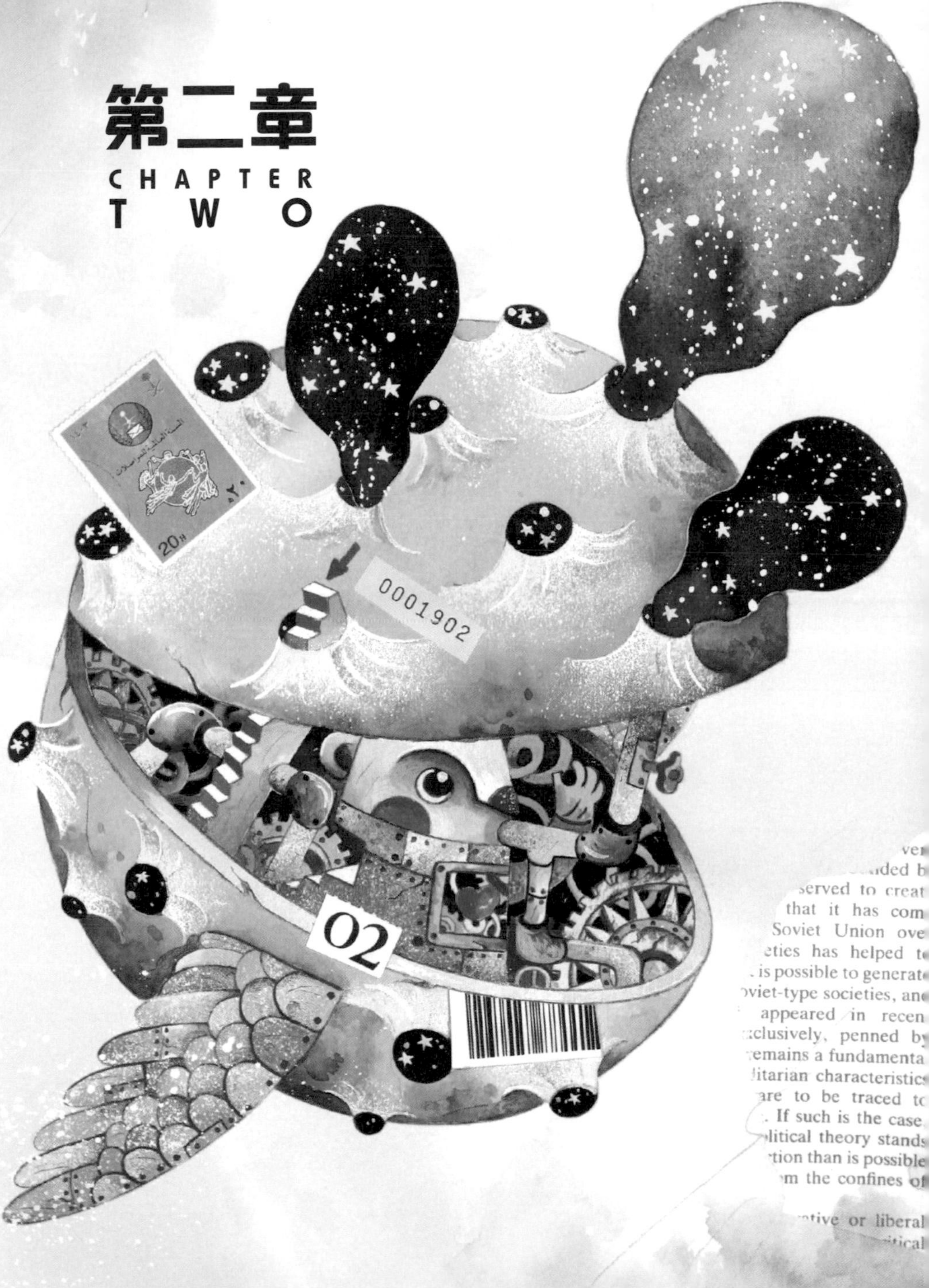

月球土地契約證書！
大地、萬象漲停板了，汽車倒著開了，
現在他買的彩券又中獎了。
怎麼可能這麼神奇呢？一個人一輩子能夠中獎幾次呢？
聽幾次鞭炮聲呢？他應該放自己半天假的。
就像他唱的那樣，遠離地球，
沒有重力、沒有薪水、沒有房貸，
好好地享受這個只屬於他一個人的假期……

10

計程車靠近忠孝直營店，遠遠地，大鵬就看見店長和副店長站在門口迎接他。

視察忠孝直營店本來是大鵬後天的行程。但一大早，大鵬忙著賣萬象、大地，又要到郵局寄吸塵器包裹。等做完這些已經九點多了。為了避免遲進辦公室還得看副總那張皺著眉頭的臉，大鵬打了個電話回辦公室，表示他把後天的行程挪了過來。

一下車，兩人立刻迎了上來，對大鵬深深一鞠躬，笑咪咪地說：

「歡迎潘經理蒞臨指導，歡迎，歡迎。」

「不敢不敢，」大鵬也客氣地說：「你們在前線打仗，我是來跟你們學習的。」

在店長、副店長的簇擁下大鵬走進店裡。儘管音樂播放得十分低調，但空間裡各式各樣降價、打折的訊息卻囂張異常。

「這波促銷，反應怎麼樣？」大鵬問。

「很不錯噢，」店長在大鵬耳邊悄悄地說：「光是上個禮拜，促銷的全套廚具，已經賣出了十一套。」

「哇。」

「多虧了潘經理英明的促銷方案，這次採購的廚具對年輕族群很有吸引力。你看，」店長指著前方不遠處，一位正被店員帶著看廚房設備的女孩，低聲地說：「這女孩是個上班族，預售屋剛交屋，已經在議價了。」

大鵬往前走了幾步，注意到那個女孩轉過頭來，盯著大鵬看。大鵬有點不自在，也望了她一眼，他覺得那女孩似乎有種似曾相識的感覺，可是說不上來在哪裡見過。

「啊，你是漢武帝大哥。」那女孩忽然叫了起來，她說：「你忘了嗎？我是凱蒂。那天晚上……」

「啊，凱蒂。」大鵬想起來了，他注意到直營店的員工都好奇地看著他。

「漢武帝大哥……」

大鵬連忙拿出名片來，小聲說：「千萬別在這裡叫我漢武帝大哥。」

凱蒂接過名片，端詳了一會兒說：「原來是潘經理啊，失敬、失敬。」

「妳來買廚具？」

大鵬沒接話。

店長問：「你們是朋友啊？」

「是啊，」凱蒂說：「我不是告訴過你，我的預售屋要交屋了？我在幫新房子找廚具。」

凱蒂問：「朋友的話，有打折嗎？」

「是朋友的話，當然有優惠。」

凱蒂笑笑，大方地牽著大鵬的手說：「我們當然是朋友。」

看這個樣子，店長又說：「如果是熟朋友的話，乾脆拿員工優惠好了。」

「員工優惠？」

副店長說：「潘經理的員工優惠是經理級的，不得了，可以打六五折呢。」

「六五折，哇，那就差好幾萬了。」

「是啊，就看妳和潘經理熟不熟了。」

凱蒂把頭靠在大鵬的肩膀，裝出天真無邪的表情說：「潘經理，我們熟不熟？」

店長、副店長都看著大鵬，大鵬沒什麼反應，只是訕訕地笑著。

「潘大哥，」凱蒂抓著大鵬的手臂，嬌嗔地晃過來又晃過去說：「小妹才成家立業，很需要折扣的。拜託啦，我們很熟的，對不對？事成之後，我一定請吃飯答謝你的啦。」

大鵬一隻手被晃來晃去，臉紅了起來。

★

客廳裡，玟玟已經拿著電話和莉莉在線上聊了一會兒了。

玟玟說：「我擔心照這樣下去，他今天晚上就破產了。」

莉莉說：「是啊，他不破產，他還能怎麼辦？」

「妳會不會覺得我這樣有點過火？」

「玟玟啊，我覺得妳把大鵬掐得太緊，其實也不是什麼好事。」
「莉莉，這點子一開始可是妳贊成的啊。」
「問題是我沒想到妳會執行得這麼認真啊。」
「妳是說我認真錯了？」
「哎喲，跟自己的老公相處，又不是奧林匹克運動會奪金牌，那麼認真幹嘛？」
玟玟愣了一下。
「大小姐，」莉莉說：「女人啊，要軟中帶硬，硬中又要帶軟，這樣才管得住他們啊。男人在外面做事，有很多需要交際應酬。妳既然要裡子，就不能不留給他一些面子。狗急了都會跳牆呢，何況是人。」
「問題是不跟他認真的話，我的帳不是白記了嗎？」
「我問妳，就算妳應收帳款全收到了，又如何？妳經營的到底是婚姻，還是公司？」
玟玟沒回答。
莉莉繼續又說：「妳想，妳的本意是讓他知道妳對這個家庭的貢獻，結果目的沒達到，彼此反而失了情分。」
玟玟安靜了一下。
「好了，我得出門了，」莉莉說：「我說的話，妳多想想。」
掛上電話，玟玟坐在沙發上想了一下。

★

午休時間，公司的地下室餐廳都是用餐的人，大鵬和Jeff坐在一張餐桌前，各自用著自己餐盤裡的菜。

「怎麼了？」Jeff問：「愁眉苦臉的？」

「唉，上次不是說她給我簽帳單嗎？現在月底了，她要來收款了。」

「哈，玩真的？她還滿有耐心的嘛。」

大鵬沉痛地點點頭。「帳單結算了一下，一共八萬多。這還不算水電費、小孩補習才藝、補習英文的費用。加一加根本超過我的薪水了。更悲慘的是，這還只是三個禮拜不到的費用。照這樣下去，還得了！」

「你的『大地』和『萬象』不是賺了些錢嗎？」

「就算股票這次賺錢，問題是每個月帳單這樣出來，能撐多久？對了，我今天一早把『大地』和『萬象』賣了三十多萬，錢後天就進來，還來得及加入你和葉志民，買『一通資訊』嗎？」

「奇怪了，你不是沒錢付帳單嗎？三十幾萬現金不拿回去補貼家用，跟人家買什麼未上市股票？」

「家裡這樣開銷，我不開源，行嗎？如果『一通資訊』也有五倍回報，那我投資三十多萬，將來不就變成了一百五十多萬了嗎？」
「這我可不敢保證。」
「我當然知道。」大鵬又扒了一大口飯，邊吃邊嘆氣：「唉，你說天下哪有這麼誇張的事。薪水全交給老婆，自己一毛錢沒有也就算了，到頭來反而還欠她錢，天下哪有這種道理？再說，錢交給她，變成了『沉沒成本』。我是男人，要賺錢，得有武器和子彈啊……」
「武器和子彈，你想通了啊？」
「我看以後我的人生，只能靠你跟葉老師嘍。唉，」大鵬嘆了口氣說：「總之，麻煩你跟葉志民說一下，後天一大早我就把現金領出來。」
「你可想清楚噢，」Jeff說：「這錢少說也要放半年的噢。家裡的帳單，不是薪水不夠付嗎？你怎麼交代？」
「唉，我哪知道怎麼交代？」
「不知道你還投資？」Jeff眼睛骨碌骨碌地轉，不知想著什麼。過了一會兒，他問：「我問你，過去，扣除掉你給玟玟家用、還有其他費用後，自己的零用錢大概有多少？」
「一萬五左右吧。」
「不如你就跟她商量嘛，你拿走一萬五零用錢，其他薪水全交給她管好了。反正錢在你這裡，或在她那裡，到最後還不都一樣。但如此一來，她有面子，你有裡子，一切沒什麼改變，不是很好嗎？」

「玟玟會同意嗎？」

「不然她還去法院告你，法拍你的房子嗎？」

大鵬聽了笑了起來。

「真不行，你去買買禮物，送送花，給她撒撒嬌嘛。不是跟你說過了嗎？feeling啊，懂不懂？」

「你這個爛人。」大鵬說。

★

吃完晚飯之後，大鵬在餐桌上問玟玟：「看到我帶回來的花了嗎？」

「看到了，很漂亮。」玟玟說：「不是公司辦活動剩下的吧？」

「才不是呢，」大鵬說：「是我專程買回來送給妳的。」

聽到大鵬這麼說，大潘、小潘還有妹妹全不可思議地把目光投向爸爸，又好奇地轉向媽媽。

「這麼感人噢，」玟玟說：「不知我何德何能，讓你破費送這麼漂亮的鮮花？」

「實在……實在是因為發現妳對這個家的貢獻太大了，所以趁著月底，買束鮮花，表達一點點我的感謝之意。媽媽實在很偉大，」大鵬把目光對著三個小孩掃描了一遍，「你們三個說，對不對？」

小孩全都別無選擇地只能點頭。

大鵬繼續又說：「有件事我想和媽媽單獨商量，你們可不可以……」大鵬揮了揮手，

「暫時離開餐廳一下。」

妹妹嘟著嘴說：「可不可以不要離開，太好玩了，我們也想聽。」

大鵬說：「這種事小孩子不太適合聽，你們還是暫時離開一下好了。」

「有什麼不適合聽的？」小潘嘟著嘴說：「一定又是錢的事，對不對？」

「聽好，」大鵬雙手放在胸前，嚴肅地說：「如果你們希望爸爸、媽媽恩恩愛愛，永浴愛河，我勸你們最好現在就自動消失。等到事情搞定，我再找你們出來。怎麼樣？」

妹妹最先站了起來。她拍了拍大鵬的肚子，比了一個「ＯＫ」的手勢，離開了。接下來，大潘和小潘也站了起來，拍拍大鵬的肩膀，握拳比了一個加油的手勢，離開了。

餐廳只剩下玟玟和大鵬了。

「玟玟。」

「嗯。」

「我在想……」

「想什麼啊？」玟玟一臉笑盈盈的表情，等著看大鵬玩什麼把戲。

「這樣好了，妳先到客廳來休息一下，我們到客廳談。」

「客廳？」

「對。」
「什麼事不能在這裡談……」
「走嘛。」大鵬邊說，邊拉玟玟起身，把她拖到客廳去，在沙發前坐了下來。等玟玟坐好之後，幫她拉了一張腳凳，讓她把腳靠上去。
「幹嘛？」
「像我這樣。」大鵬給自己拉了張腳凳，往玟玟身旁的沙發也躺了下來，「暫時休息一下嘛。」
「為什麼要暫時休息一下？」
「人生啊，」大鵬把腳靠上腳凳，故意抬得高高的，「有時候要放輕鬆。想像一下啊，暫時想像妳人在南太平洋的島嶼上，享受著海風、浪濤……」
「我不要，我才不要南太平洋，會曬太陽，長很多雀斑……」
「那想像一下我們在月球好了……」大鵬說：「我們全部躺在月球的沙灘上，看著浩瀚無際的銀河在我們眼前……」
「對不起，我忽然想到一件事，」玟玟坐了起來，「我先做完，免得等一下忘記。」玟玟起身去餐廳拿了水費單、電費單，又走了回來。「這是這個月的水費、電費。對了，提醒你，電費五千多元。」
「這麼多？」

「對啊，夏天晚上都開冷氣，電費當然貴。」玟玟又躺了下來，「剛剛講到哪裡了？」

「講到浩瀚無際的銀河在我們眼前……然後啊，我們就像現在這樣躺著，輕輕地在月球表面飄浮，沒有重力、沒有負擔……」

「等一下。」玟玟又坐了起來，「還有一件。」她又起身，去拿了三個信封回來，交給大鵬，「小孩的補習費、還有學鋼琴的費用，最晚後天要繳了。」說完，又躺了下來，「說到哪裡了？」

大鵬坐了起來，一臉嚴肅的表情。

「怎麼了？」玟玟也坐了起來。

「我現在終於明白了。」

「明白了什麼？」

「我明白妳在家裡做很多家務事，雖然沒領到薪水，但其實也是賺錢。所以，我在想，」大鵬停下來，想了一下措詞，「既然我們兩個人都賺了錢，也都對家裡那麼有貢獻，是不是……從這個月開始，我們就不要再計較是誰賺的錢了……」

「沒有計較啊，家裡都是你一個人在賺錢，我們是花錢的啊。」

「別這樣說。」

「那該怎麼說呢？」

「雖然我在外面工作，賺了一些錢，妳在家裡工作，賺得更多。」

「噢？」玟玟說；「所以呢？」

「所以，我在想，是不是從這個月開始，我的薪水領回來，全交由妳來處理好了。妳省得麻煩，不用再浪費時間記帳，我們也省得麻煩，不用再簽帳了，這樣不是很好嗎？」

「都交給我處理？」

大鵬點點頭。「當然，如果方便的話，我的零用金一萬五千元，我會先扣掉。」

「咦，你不是說這個家，我們兩個人都賺錢，也都有貢獻？」

「是啊。」

「既然如此，為什麼上個月你發三萬五的『家用金』給我時，我一塊錢的零用金也沒有？你工作、我也工作啊，你有什麼額外的貢獻啊，比我多拿一萬五千元的零用金？」

大鵬抓了抓頭，坐立不安。「妳的意思是說，我不能拿這一萬五千元的零用金？」

「我沒有說你能不能拿，我只是問：你有什麼額外的貢獻，值得這一萬五千元啊？」

「貢獻啊……」

「對啊，除了工作以外，讓小孩開心、讓我開心的額外貢獻啊？」

「貢獻嘛……我有送妳生日禮物。」

「嗯，這個不錯，還有呢？」

「我今天送花給妳啊！」

「嗯。這個也不錯，我很開心。」

「妳答應了？」

「我沒有說答應，我問你還有呢？還有什麼貢獻讓我們覺得開心？」

「開心的話……」大鵬說：「我可以講笑話給妳聽。」

「好啊，講啊。」

「如果好笑，妳是不是就答應了？」

「那要我笑出來才算。」

「好，那我講一個。」大鵬說：「妳知道怎麼樣讓錢永遠都花不完嗎？我告訴妳，讓新婚夫妻每次上床那個那個時放一張千元鈔票進撲滿裡，十年後，再讓他們每次上床那個那個時從撲滿裡拿出一張千元鈔票出來。妳知道嗎？」大鵬自己笑了起來，「這樣撲滿裡的錢，一輩子也花不完。」

玟玟看著大鵬，面無表情地說：「不好笑。」

「不是，妳沒有聽懂，剛新婚的時候很新鮮……」

「我聽懂了，但一點也不好笑。」

「妳不能這樣，妳是故意不笑的。」

「我哪有故意不笑？明明是你說的笑話不好笑。不然你叫小孩來評評理。」

「這個故事不適合小孩吧。」

「不然你叫小孩過來，再講一個給他們聽。」

「如果好笑，妳就同意我的提議？」

「好啊，如果大家都覺得好笑的話。」

沒多久，大潘、小潘、妹妹統統又被叫到客廳來了。

玟玟宣佈：「現在爸爸要講笑話，你們聽。」

「剛剛不是在溝通嗎？」妹妹問：「為什麼現在變成講笑話？」

「你們不要多問，現在先聽你爸爸講笑話。」玟玟轉頭問大鵬：「準備好了嗎？」

「好，講一個真的很好玩的。有三個人坐在船上要過河，一個是醫師、一個是會計師，另外一個是律師。船走到一半翻了。河裡面的鱷魚爸爸看到醫師，張開大口，一口把醫師吃掉了。鱷魚媽媽看到會計師，也張開大口把會計師吃掉了。鱷魚弟弟看到律師，正要張口時，鱷魚爸爸、媽媽卻異口同聲地說：『千萬不要張口！』」大鵬自己先笑了起來，「你們知道為什麼嗎？」

妹妹搖頭。

大鵬又指了指大潘。「你知道為什麼嗎？」

大潘說：「因為鱷魚爸爸、媽媽異口同聲說：『不要張開嘴巴，他是律師，你只要張開嘴巴，他就開始算錢。』」

「對，就是這樣。」

只有大鵬一個人笑了起來。看沒有人笑，他不解地問：「難道你們不覺得很好笑嗎？」

「這網路上有，」小潘伸了個懶腰說：「老梗了。」
「我有問題。」妹妹舉手問：「為什麼鱷魚張開嘴巴，律師就要算錢？」
玟玟露出了淡淡微笑，她說：「我可沒看到這兒有人覺得好笑噢。」

11

十二點十五分。午休時間，一樓大廳都是走動的人群。大鵬站在公司大廳，接起了鈴響的手機。

「喂，」他說：「我已經在公司樓下了。你在哪裡？……不是，不是二段，是三段……你叫計程車司機繼續往前走，沒多遠就到了。」

掛斷電話，大鵬把來電號碼加入通訊錄，並且鍵入聯絡人的姓名：凱蒂。

沒多久，一部計程車停在門口，凱蒂一身時髦的低胸連身裙，外搭俏麗小背心，踩著長筒靴，從計程車走了下來。

一看見大鵬，凱蒂立刻深深一鞠躬，笑盈盈地說：「忠孝店那邊說這份漏掉的文件一定要簽好名字才能出貨。實在是施工趕時間，不得不麻煩你，真是不好意思。」

「哪裡，別這麼客氣。我不是說請快遞送過來就可以了嗎？」

凱蒂從皮包裡拿出那份請大鵬簽名的文件。大鵬接過手，跟櫃枱要了筆，很快簽好了名字，還給凱蒂。

「無論如何，我都應該親自過來跟你說聲謝謝才對。你這麼大筆一揮，我省了三萬多塊錢呢。」

「妳喜歡我們公司的產品，我很高興。」

「對了，」凱蒂說：「我最近在找家具，潘大哥有沒有熟識的家具店，我可以買到又好又便宜的家具？」

「什麼樣的家具？」

「就沙發、桌子、床啦、櫃子啦這些。」

大鵬拿出皮夾，從裡面掏出自己的名片，在上面寫下一個名字和電話。

「這是我的一個朋友，他那邊的家具不錯。妳去找他，就說我介紹的，他會給妳折扣。」

「那就謝謝嘍。」凱蒂收下名片，「你吃過午餐了嗎？不知我有沒有這個榮幸請你吃頓午餐？我知道這附近有家新開的義大利餐廳，主廚是我的朋友，他們菜做得很不錯。」

「妳就不用客氣了。」

「給我一個機會嘛。人家可是誠心誠意想謝謝你的幫忙。」

「改天吧。」

「潘先生好像很喜歡說改天？上次送我回家，我請你到家裡坐坐，你也說改天，」凱蒂笑著說：「今天可已經是改天了呢。」

★

地點是一家叫「紅氣球」的義式餐廳，大鵬和凱蒂坐在靠窗的座位用餐。

「我想親自來跟你說謝謝，其實還有一個更重要的理由。」

「是嗎？」

「那天晚上你送我回家，不是問我有沒有男朋友嗎？」凱蒂說。

「嗯。」

「其實我有個男朋友。」

「我猜也是。」

「我們交往三年多了。這三年來，他一會兒要開餐廳、一會兒要開咖啡店，每次都跟我要錢，但到最後沒有一次不是灰頭土臉。他總是抱怨時運不濟、抱怨別人算計他。起初我總是鼓勵他，要他不要灰心、不要自暴自棄。過了沒多久，他又興致勃勃，說要東山再起，再跟我要錢……就這樣一次又一次地惡性循環。」

大鵬沒說什麼，安靜地聽著。

「說起來，如果真的是這樣，我其實也無所謂，但我慢慢發現，他跟我說謊。從他跟我要錢的理由，他要做的事業，甚至他的過去、一切一切，竟然都是假的……」

「妳的意思是說，他和妳在一起，只是為了錢？」

「老實說，我真的不知道。他常常對我說出很感人的話，或在你料想不到的情況下，做出很細膩的事，讓你根本不可能相信，這一切只是為了錢。我發現他的謊言之後，我們關係開始出現裂痕，兩個人常常吵架。每次提分手，他又求我、向我認錯。每次我總是告訴自己：不管他做了什麼，但至少他是愛我的吧。只要這樣想，哪怕事情看起來再荒謬，我還是又原諒了他。你明白我的意思嗎？」

「嗯。」

「我不知道應該說因為他是個善於說謊的好演員，找上了我，還是該說，其實是我喜歡美麗的謊言更甚於實話，因此找上了他。但問題是，每原諒他一次，我就發現更多的謊話。這像是個無底深淵，你知道嗎？每一次認錯、每一次懺悔，你多麼希望是真的。可是每次你越是陶醉，你就越本能地感到害怕……你不知道他說的哪一句話是真的，哪一句話是假的。」

「這樣的男朋友的確很困擾。」

凱蒂接著又說：「那天你送我回家之後，我在想，如果真是個可以依靠的男人的話，就應該像你這樣，對自己心愛的人忠誠，給心愛的人可以依靠的肩膀，而我的男朋友，根本做不到……」凱蒂停了一下，不知想著什麼，淚水在她眼眶打轉，盈滿眼眶，流了下來。

大鵬遞給她衛生紙。

「謝謝。」凱蒂接過衛生紙，擦了擦眼淚，「所以，我要真心謝謝你，是你讓我看到了一個真正的男人應該是什麼樣子。也是你讓我覺悟到，如果我跟他繼續下去，我的夢想永遠也不可能實現。所以，我才會下定決心搬到小套房去。我沒想到，買廚具的時候竟然又遇到了你，你真的是我的貴人……」

「新的人生聽起來不錯啊，恭喜，恭喜。」

「希望我將來也可以找到一個跟潘先生一樣的好男人。」

「一定會的。」

★

那時大鵬和凱蒂正在乾杯，莉莉正好和客戶吃過了午飯，走在路上，莉莉不經意瞄了一眼路旁的義大利餐廳一眼。

或許是那女人性感時髦的打扮，或許是乾杯的動作，吸引了莉莉的目光。直銷做久了，莉莉對女人的裝扮與出身有種直覺。這麼年輕的女孩如此昂貴入時的打扮只有三種可能：一種是出身有錢家庭，從小在國外長大。第二種是受過模特兒、時裝界或演藝界的專業訓練。再不然，就只可能是從事高級特種行業。

這樣的女孩，都跟什麼樣的男人約會呢？

好奇促使莉莉把目光轉向女孩對面的中年男子，不過，眼前的景象回應她的卻是更多的驚訝。

潘大鵬？

莉莉特別往後退了幾步，從正對面觀察這對用餐的男女。

他們開著玩笑、舉杯喝酒。男的臉上有一種滿足的笑意，女的則是從頭到尾一直用一種崇拜無比的目光，看著那個男人。

雖然有些難以置信，但莉莉絕對可以確認，那個男人，百分之百、如假包換的，就是潘大鵬。

12

回到辦公室時，薪資單已經躺在辦公桌上。大鵬拆開看了一眼。

薪資一共是十萬零五千六百五十元，扣除掉百分之十所得稅扣繳，以及一家五口的健保費，實際存入銀行帳戶的現金只剩下九萬三千五百零三元。

大鵬盤算了一下，按照玟玟的算法，扣掉八萬兩千多元家用，剩下一萬一千多元，再扣掉接下來的水電費、補習費，所剩恐怕不多了……

大鵬起身找來了報紙。他記得昨天的笑話沒逗大家笑，他還要再說一個。顯然他得在報紙找找，有沒有什麼好笑的新聞或靈感才行。

大鵬打開報紙時，第一眼就注意到了報頭底下，明顯的大樂透中獎號碼。

「07，09，19，23，35，38……」

大鵬直覺這些號碼有些似曾相識。

他將身上紅包袋拿出來，從裡面慢慢抽出那張大樂透。才露出了半張彩券，大鵬就看到了兩個一模一樣的號碼。

「07，09……」

不會吧？大鵬發現自己心臟怦怦地跳。

午休外出吃飯的同事這時都紛紛回到辦公室了。大鵬屏氣凝神，繼續把彩券往外抽——

「19！」

大鵬的心臟強力收縮了一下。

他左右張望了一下，把彩券收進上衣口袋，抓起報紙不動聲色地往辦公室外面移動。走出辦公室，大鵬三步併作兩步衝進廁所的馬桶間，關上大門，放下馬桶蓋，坐了上去。

大鵬重新拿出紅包紙袋來，慢慢地把彩券從紙袋裡抽了出來。

「07，09，19，」大鵬邊看彩券，邊唸著：「23。」唸到23時，大鵬看了報紙的中獎號碼一眼。

幾乎是同一時間，他聽見自己的聲音叫著：「啊！」

叩。叩。叩。

浮現在大鵬腦海的是葉志民化身成了彩券行看板上戴著長翅官帽的財神爺，從看板上走了下來，一直走進廁所，來到廁所門口，敲著廁所大門……

叩。叩。叩。

大鵬試圖讓自己鎮定下來。

這次，他先看報紙的中獎號碼。「07，09，19，23……」他喃喃唸著：「35。」

大鵬把目光移向彩券。果然彩券的下一個號碼就是「35」。

天啊！六個號碼已經中了五個。

叩。叩。叩……那敲門聲越敲越急。

「先生，你還好吧？」門外的聲音問著。

大鵬抬起頭來。不是財神爺？

叩。叩。叩。「先生，你還好嗎？」門外的聲音說：「你再不說話，我要衝進去了噢。」

「我？」大鵬連忙說：「……沒事。」

「確定嗎？我剛剛聽見你大叫了一聲……」

「沒事，」大鵬又說：「真的，謝謝。」

大鵬像做錯了什麼事似的，屏著氣息，動也不動。直到門外的聲音消失了之後，才長長地吁了一口氣。

不知道為什麼，那人離開之後，往後的第六個號碼，甚至是特別號，大鵬都沒有對中。大鵬有點後悔，或許剛剛敲門的真的是財神爺，他應該開門讓他進來的才對。

五個號碼，大鵬扳手指頭數了數，應該就是三獎吧。根據大鵬的經驗，如果同時中獎的人不要太多，運氣好的話，三獎獎金還是有百萬元以上的。

走出廁所，大鵬第一件想到的是立刻打電話給玟玟分享這個好消息。不過正要撥電話時，紅包紙袋上彩券行的電話號碼讓大鵬忽然覺得或許該先撥個電話，問問到底可以分得多少獎金。於是大鵬開始撥彩券行電話。

電話接通，阿財告訴大鵬，扣掉稅金之後，大概可以分得一百二十多萬元。老闆不斷地向大鵬道賀，還不厭其煩地告訴了他領獎的細節。

老闆在電話中一面催促旁邊的人：「開始放，趕快開始放。」最初大鵬沒搞懂放什麼，直到砰砰砰的聲音從聽筒那端響起來，大鵬才明白是鞭炮。

「先生，恭喜噢，我們在放鞭炮，你聽到沒？」

「聽到了，聽到了。」

「恭喜噢。」

「彼此、彼此。」

大鵬就在辦公室外的長廊上，透過手機聽了一會兒鞭炮聲。鞭炮聲讓人感到一種節慶般的喜悅。然而在鞭炮聲中，看著穿著西裝打領帶的一群白領階級趕在上班時間前打卡進辦公室，又有一種說不上來的詭異。

直到鞭炮聲停了下來，大鵬還愣在那裡想著他的心事。

「恭喜噢，先生，以後請多多照顧阿財彩券行。」

「一定的。」

掛斷電話之後，大鵬心情變得不太一樣了。

這麼一大筆錢如果拿回家，玟玟一定立刻拿去還房屋貸款。如此一來，不但「節慶」的喜悅消失殆盡，他永遠不夠付帳單的處境一點也沒有改變。更何況，如果生活只是工作、領薪水、付這個帳單、繳那個貸款利息，然後又是重複的工作、付帳單、工作、付帳單……這樣的人生多沒意思啊！

是啊，大鵬心想，多沒意思。

★

大鵬完全無法抑遏自已興奮的情緒，他索性從公事包裡拿出那張月球土地契約證書來端詳。

看著月球土地契約證書。大鵬心想，「大地」、「萬象」漲停板了，汽車倒著開了，現在他買的彩券又中獎了。

怎麼可能這麼神奇呢？

他抓起滑鼠，打開瀏覽器，鍵入月球土地契約證書上面的網址，連接上那個販賣月球土地的星際總部網站。

一進首頁，雖是英文網站，沒想到還有中文版本。中文版本網頁上面顯目的標語寫著：

送給自己以及心愛的人最珍貴的終極禮物。

他依稀記得，當初葉志民送他月球土地契約證書時，也是這樣告訴他的——這是要送給自己最親密、最關心的人的禮物。

大鵬又瀏覽了幾個網頁，發現只要花二十四元美金，就可以買到一英畝的月球土地。不但如此，填好受贈者的姓名之後，星際總部還可以貼心地把對方的姓名印上去。

自己最親密、最關心的人？

買一份送給玟玟好了。

大鵬仔細地在寧靜海附近挑選了一英畝的土地，並且開始鍵入玟玟的英文名字：Mrs. Wen-Wen Ho。寫完之後，又填上地址，並且註明收件人是 Mr. Da-Peng Pan。

填好鍵入enter之後，螢幕跳出郵遞的選項：一般？航空？還是國際快捷？

大鵬心想，都中獎了，當然是勾選國際快捷。鍵入enter。

螢幕跳進信用卡資料頁面，大鵬從皮夾裡拿出信用卡，對照著一一填寫完畢，按下送出，很快就大功告成了。

完成購買程序之後，大鵬把雙手伸到頭上，整個人後仰在辦公椅上。他發現自己竟不知不覺地哼起了〈帶我去月球〉那首歌。

帶我去月球，那裡空氣稀薄。

帶我去月球，充滿原始坑洞……

就這樣哼著哼著，大鵬忽然開始想，一個人一輩子能夠中獎幾次呢？聽幾次鞭炮聲呢？大鵬告訴自己應該放自己半天假的，就像歌詞那樣，遠離地球，沒有重力、沒有薪水、沒有房貸，好好地享受這個只屬於他一個人的假期。

★

從銀行領完彩金走出來，大鵬摸了摸鼓脹的公事包。

現在他終於有一個屬於自己的下午，還有公事包裡的一百三十多萬元鈔票了。

如果有一個下午的時間，完全屬於他，不用考慮公司的業績、不用擔心別人的目光、不用盤算金錢的限制，只為了自己一個快樂的下午，他會做什麼呢？

大鵬一腳踩進新車展示中心，看中了一部新型的奧迪汽車。展示中心的銷售經理笑盈盈地告訴他：「全新的大改款車身變短、變寬，車高也壓低，整體造型變得更緊湊，營造出一種年輕、動感的氣息。」

「售價大約是多少錢呢？」大鵬問。

「大約三百萬元左右。」

三百萬元？

「當然，我們目前提供很好的二十四期無息貸款，目前買可以說相當划算，」銷售經理問：「潘先生要不要安排試車？」

大鵬想了一下，笑著搖搖頭。「我再考慮考慮好了。」說完，走開了。

不行，大鵬告訴自己，他可以做很多事，但不是買新車。

大鵬到地下美食街喝了一碗花生湯——五十元的花生湯。小時候只有考試得到好成績才能喝到的，溫暖、美味、濃郁的花生湯。喝完花生湯後，大鵬又走進電動玩具店，換了一百元硬幣，打了一會兒彈珠台。

然後呢？

走出了地下街，大鵬就這樣漫無目的地在大街走著，他走過了賣水族箱的商店、二手名牌包商店、名牌手錶店、香港冰品店、雪茄專賣店、帽子專賣店……

如果有一下午的時間，完全只為了自己的快樂，大鵬會做什麼呢？

他發現自己其實不太確定。

★

走進百貨公司，本來大鵬是想給自己買瓶陳年的威士忌。不過還沒走到威士忌專賣店，銷售人員展示的自動吸塵器吸引住了他的目光。

自動吸塵器長得圓圓扁扁的，有點像是飛碟，只要按個按鍵，就會跑來跑去，不但如此，碰到障礙還會自動轉彎，把地板吸得很乾淨。

他問店員：「這個一台多少錢？」

「兩萬一千元。」銷售員說。

「不能再便宜一點嗎？」

「這是新機型，全省統一都是這個價錢。買貴了，我可以退錢。」

大鵬想起前天晚上他問玟玟：「那如果有一種吸塵器，不用揹在身上，吸角落、床下也不用彎腰駝背，吸力也不輸給原來這台，我去買回來，妳就會高興嗎？」那時玟玟說：「你去找來啊。」

儘管他繼續跟銷售員討價還價，做最後的奮鬥，可是大鵬心裡很清楚：就是這個了。

13

今天放學後我在房間裡寫功課，才寫了沒多久，就聽到房間外面咻咻咻的機器聲。我從房間走出來，發現爸爸、媽媽、小潘還有妹妹全站在客廳裡，安靜地看著一台長得像烏龜的吸塵器在地上走來走去。

「這是什麼？」我問。

「智慧型自動吸塵器。」妹妹看了我一眼。

於是我也站在那裡，跟著大家像看球賽似的看了一會兒。

那台烏龜吸塵器，就這樣在我們面前走啊走的，邊走、邊吸地。碰到障礙時還會停下來，轉個小彎，換個方向又繼續前進。偶爾，爸爸也會不時加入一旁解說，說明這台吸塵器多好又多特別。

老實說，我一點也不覺得自動吸塵器有爸爸說的那麼好。在我看來，說它「智慧型」其實言過其實，真要平心而論，充其量只能算是又瞎又勤勞罷了。

看了一會兒，爸爸用一種宣佈什麼似的口氣說：

「爸爸看媽媽每天這麼操勞，很捨不得，所以今天領薪水，特別買了這台自動吸塵器送給媽媽……」

沉默。

經過上次的生日禮物、簽帳單事件之後，我們都變得謹言慎行。屋子裡，只剩下烏龜吸塵器嘶嘶嘶的吸地聲，嘶嘶嘶地叫呀叫的……

不知經過多久，媽媽終於說：「這一台少說也要一、兩萬塊錢吧？」

「不貴，不貴，」爸爸不安地說：「真的很便宜。」

「很便宜是多少錢？」

爸爸想了一下回答：「一萬塊錢。」

「啊？那麼貴？」

「呃，不是……是一萬塊打五折，打五折，五千塊。」爸爸吞吞吐吐地說：「我的朋友是他們公司業務，幫我用員工價買的。」

「你哪來的錢？」

「我今天領到薪水了，這些，」爸爸連忙從公事包裡拿出薪水袋，交給媽媽，「全交給妳全權處理。」

媽媽接過薪水袋，把裡面的鈔票拿出來，算了一次。

「不對啊，不是應該有九萬多嗎？怎麼這裡面只有七萬多元？」

「我拿走了一萬五千元當零用錢。」爸爸笑盈盈地說：「像昨天說的那樣。」

「笑話呢？」

爸爸傻笑。

「你是說，你送我這台吸塵器，然後笑話不用講了？」

「我在想，買吸塵器送妳，減輕妳的工作負擔，讓妳覺得開心，」爸爸說：「也是我的貢獻啊。」

情況有點尷尬。爸爸本來還要繼續說些什麼，可是一發現三個小孩全盯著他，爸爸轉身過來，正經八百地說：「你們小孩先回房間去，我有重要的事要和你們媽媽談。」

爸爸那張正經八百的臉實在很好笑，搞得我們都杵在那裡不想動，想多看一點劇情接下來的發展，不過等到連媽媽也轉身過來瞪我們時，我們只好全乖乖的滾蛋了。

沒想到，進房間才沒多久，媽媽就讓妹妹來叫我們出去吃晚飯了。當我們全在餐廳坐好時，我很清楚的可以感覺到，情勢顯然已經有了很大的變化。

「今天吃飯前，我要宣佈一件事情。」媽媽說：「從今天開始，媽媽決定大家不用簽帳單了。」

這個英明的決定，立刻贏得熱烈的掌聲。

掌聲結束，妹妹問：「為什麼呢？」

「因為爸爸今天做了一件令媽媽感動的事。」

「是不是因為爸爸把所有的錢都交給妳了？」

「不對。錢不是重點。」媽媽說：「重點是，爸爸看媽媽這麼辛苦，特別用他的零用錢買了這台自動吸塵器送給媽媽。爸爸對媽媽這麼好，以後你們都要跟爸爸學習，知不知道？」

儘管我們都搞不清楚到底應該學習什麼，但我們全都點點頭，裝作知道、明白的模樣。

★

趁著玟玟在客廳看連續劇，大鵬提著公事包躡手躡腳往廁所移動。

大鵬輕輕地關上廁所大門，走到抽水馬桶前，打開公事包。

所有的鈔票已經被分成三大疊了，分別裝進牛皮紙袋，外加塑膠袋，並且捆上了橡皮筋。

大鵬從公事包裡取出一大疊，打開水箱蓋，把鈔票放入水中，看著鈔票金塊似的沉進馬桶水箱。

水中。

這是大鵬選定的第一個藏錢的位置。

當然，大鵬也曾考慮過開新帳戶把錢存起來，或把鈔票直接換成證券或基金什麼的。但大鵬完全可以預見到，不管他把鈔票換成什麼，不免還是有個存摺、憑證，一樣少不了得躲躲藏藏。既然如此，不如直接就把鈔票藏起來算了。畢竟將來急用時，沒有比現鈔更方便的了。

輕輕地蓋上水箱蓋之後，大鵬開始思考下一個藏錢的位置。

藏錢的位置之所以不好決定，在於一方面不能太隱密，搞得自己取錢也困難重重，另一方面又不能太淺顯，簡單到別人可以一眼識破。

大鵬靈機一動，想起餐廳地板下有個排水管的維修蓋板。應該不會有人去掀開那個蓋板吧？

闔上公事包，大鵬輕輕地打開廁所門，提著手提包躡手躡腳走進餐廳。他在地板前端詳了半天，找出維修蓋板，蹲下來，輕輕地拉開蓋板，露出了底下的方形凹槽。

大鵬左右張望，確定沒有任何人看到之後，才小心翼翼地從公事包中拿出第二疊鈔票，慢慢放入凹槽中。

地下。

看似平常卻又出乎意料的選擇。輕輕蓋上蓋板，大鵬拍了拍手，撣了撣灰塵，自我陶醉地笑了笑。

就在大鵬開始思考第三個藏錢的位置時，背後忽然傳來玟玟的聲音：「咦？你怎麼坐在這裡？」

大鵬嚇了一跳，連忙提著公事包站了起來。

「我啊，在……想。」大鵬說。

「想？」

「想……關於公司，一批新的餐盤……對，餐盤的促銷。在餐廳比較有靈感。」

「在家裡幹嘛還拿著公事包？」

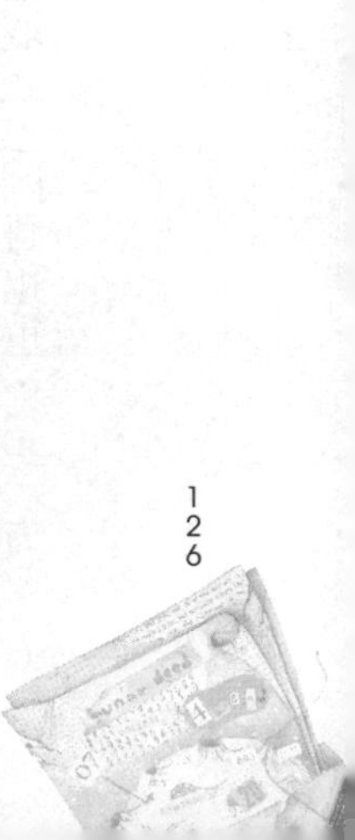

「那個……哦……促銷活動的計畫在裡面。」

「噢。」安靜了一下，玟玟又說：「我們家電視機好像老毛病又發作了……你要不要過來看看？」

★

現在電視機背板已經打開了，大鵬正拿著螺絲起子一頭鑽進電視機盒子裡。

他一會兒跑到電視機前面看看螢幕，一會兒又跑回後面調整。本來玟玟還站在電視螢幕前看著連續劇，戲結束時，玟玟走到背後站了一會兒，不過沒多久，她就消失了。

大鵬就這樣修理了將近二十分鐘，腰痠背痛地站起來。他走到電視機前，發現螢幕還是跳動的，大鵬沒好氣地拍了電視一下，沒想到螢光幕竟又恢復正常了。

「好了？」

大鵬抓了抓頭，走回電視機後面，拿起電視背板，正準備用螺絲釘鎖回原位時，忽然靈機一動——

欸！電視機裡面。再也沒有任何比這裡更。隱。密。的地方了。

趁著沒人，大鵬從公事包拿出第三疊鈔票，神不知鬼不覺地放進電視機裡，並且鎖上背板。

一起身，大鵬忽然想到，今天淨顧著給玟玟買吸塵器，竟忘了買威士忌。

他蹲下來，重新又打開電視背板，取出裡面的牛皮紙袋，從裡面拿出了一小疊鈔票。

「一、二、三、四……」

忘我地數著鈔票時，大鵬忽然覺得背後有一陣熱氣。

「噢喔，爸爸藏私房錢。我去告訴媽媽。」

大鵬嚇了一大跳，回頭一看，原來是大潘。他連忙摀住大潘的嘴巴，小聲地說：「噓，別讓你媽知道，懂不懂？」

大潘點點頭。

大鵬這才慢慢放開手。「我不是跟你說過防火牆的觀念嗎？這些錢就是防火牆，懂不懂？如果你讓媽媽知道，防火牆就消失了。一旦少了防火牆，將來萬一發生什麼事，爸爸就算想幫忙，也無能為力啊，這樣懂嗎？」

「可是如果媽媽問的話，」大潘說：「我該怎麼回答？」

「你就說你沒看到。」

「可是，媽媽和你不是都教我們，做人一定要誠實嗎？……」

「這樣好了，如果你忘記了這件事，就不算說謊了，對不對？」

「嗯。但問題是，怎麼忘記？」

「我可以作法幫助你忘記啊，像這樣，」大鵬開始唸唸有詞地唸咒，邊說，還邊用手在大潘頭上繞圈，「#@%&*……」

「作法？」大潘看著大鵬，一臉匪夷所思的表情，「你有法力嗎？」
「法力不夠的話，我這兒還有一張符咒，」大鵬拿出一張千元鈔票，繼續唸咒，「%&︿#@*……」
看到鈔票，大潘睜大了眼睛。隨著大鵬的咒語，開始搖頭晃腦。
「好像有點感覺到法了欸……」大潘說。
大鵬繼續唸咒：「%&︿#@*……」最後他用力一指，「忘記！」
說時遲那時快，大潘立刻靜止不動。
「怎麼樣？」
大潘點點頭，立刻伸手要去把「符咒」抓過來。
大鵬往後縮手，問：「請問，你剛剛看見什麼了嗎？」
大潘搖搖頭。
「剛剛發生了什麼事？」
「我真的什麼都不記得了。」
大鵬點點頭，沒再說什麼，讓大潘從他手中迅速抽走了那張千元大鈔。
「對了，這個錢不可以拿去買垃圾食物吃，知不知道？」
「知道。」大潘揮舞著千元大鈔。
「你再重複一次。」

「這個錢不可以拿去買垃圾食物吃，」大潘邊跳邊說：「不可以去買垃圾食物吃，不可以去買垃圾食物吃，不可以去買垃圾食物吃……」

14

妹妹走進房間時，小潘正寫著閱讀學習單。

「背景，吉—姆—得—到—了—比—爾—的—藏—寶—圖—之—後，決定—跟著—大地主—屈勞尼—和醫生—黎弗哲—一起—去尋—找—寶—藏……」

「小哥，你在幹什麼呀？」她問。

「寫作業。」小潘心想，完蛋，討厭鬼黏上來了。

「你在寫什麼作業啊？」果然。

「金銀島。」說完，小潘連忙把《金銀島》塞給她。

出乎意料的，妹妹接過《金銀島》，竟然真坐在床前看了起來。

不過這樣的安靜只持續了五分鐘不到，妹妹就放下故事書，歪著頭說：「小哥，我也要像吉姆一樣去尋找寶藏。」

「好啊，」小潘有點不耐煩地說：「現在趕快去。」

「可是，人家要你陪我一起去找寶藏。」

「哎唷，妳沒看我在寫作業，明天就要交了……」小潘不理會妹妹，繼續寫他的作業，「問題：心懷不軌的獨腳海盜西爾弗及他手下也喬裝成水手上了船……」

妹妹不走開，就站在小潘身邊，一句話也不說，只是搖著小潘的肩膀。

小潘一抬頭，就看見妹妹用著水汪汪的眼睛巴答巴答地看著他。

「哎喲……」小潘說。

妹妹沒說話，又搖搖小潘的肩膀。

「不是叫妳自己去找寶藏嗎？」

「可是我怕我會碰到海盜。」

碰到海盜？「那妳就在家裡找寶藏好了。家裡一定不會有海盜。」說完，小潘又低下頭，繼續寫作業，「困難：海—盜—叛—變……」

妹妹又搖小潘的肩膀。

「又怎麼了？」

「可是人家沒有藏寶圖，不知道去哪裡找寶藏……」

藏寶圖？小潘靈機一動，立刻找出紙筆，煞有介事地畫了一張藏寶圖。他對妹妹說：「這張圖叫妳走幾步妳就走幾步，叫妳左轉妳就左轉，叫妳右轉妳就右轉。」說完，很快地把妹妹打發到門外去了。

★

沒一會兒，妹妹又衝了進來，搖小潘的肩膀。

「又怎麼啦？」

「這個藏寶圖有問題。」

「哪裡有問題？」

「這裡說要走十二步，可是明明前面就是牆壁。」

「撞到牆壁……」哎喲，小潘說：「妳就像那台自動吸塵器一樣，轉過彎，折回來，不會啊？」

「折回來也算嗎？」

「當然算啊。」

妹妹很滿意地笑了笑，又消失了。

★

等到小潘的作業好不容易終於進行到最後一段的「討論」時，妹妹又進來了。

她又搖小潘的肩膀。

哎喲。「這次又怎麼了？」

「我找到寶藏了。」

「噢。」

小潘低下頭，打算繼續寫完作業的最後一段時，妹妹忽然拿出一張花花綠綠的東西，在小潘面前晃呀晃的。「我找到寶藏了。」她說。

小潘抬起頭，看了一眼。隨即他睜大了眼睛。錢!!「妳哪來的錢？」小潘問。的的確確，如假包換的千元大鈔。

妹妹很得意地，又拿出好幾張千元大鈔來。

「就你畫的啊，我依照藏寶圖指示走到餐廳，餐廳的地板下面有個蓋子，我把蓋子打開，有一大包紙袋，寶藏果然就藏在紙袋裡面……」

「紙袋？」

「嗯，」妹妹說：「那個紙袋裡面還有很多錢……這些寶藏，是你藏的嗎？」

小潘搖搖頭。

「那是誰藏的呢？」妹妹似懂非懂地問：「我們要不要去告訴爸爸、媽媽這個好消息？」

小潘連忙比手勢要妹妹安靜。他悄悄地打開門，從門縫裡往客廳看。

客廳裡面一個人也沒有。

「妳先不要告訴任何人這個秘密，」

「噢。」

道過晚安之後，等爸爸、媽媽一走進房間，小潘立刻拿著手電筒，一手抓著妹妹的手，走出房間，在黑暗中躡手躡腳摸進餐廳。

★

小潘打開了手電筒。妹妹蹲下來，俐落地打開維修蓋，取出牛皮紙袋，從裡面拿出了一疊一疊的鈔票。

「我的天！」小潘說。

「我覺得我們好像應該告訴爸爸、媽媽這個好消息才對欸……」

小潘搖了搖頭。

「為什麼？」

「妳不是想要買Hello Kitty嗎？」

妹妹點頭。想了一下，露出恍然大悟的笑容。「小哥是說……」

「噓，小聲一點……妳是吉姆，我是船長，這些是我們發現的寶藏。這樣懂嗎？」

妹妹先是點點頭，立刻又搖搖頭。

「可是我們根本不知道這是誰的錢。如果不是我們的錢，我們拿去用，不就變成小偷了嗎？不行，我看我們還是告訴媽媽……」

「等一下，」妹妹轉身要走，被小潘拉住，「我們可以把寶藏放到另一個地方去。如果我們不拿去用，就不算偷，對不對？」

「嗯，」妹妹想了想，又說：「可是如果不拿寶藏的錢，我怎麼買Hello Kitty？」

「傻瓜，我們可以暫時跟寶藏借啊，等到我們長大再還就可以了。」

「為什麼等到長大以後再還？」

「因為我們是小孩子，所以沒有工作，也沒有薪水。等將來我們長大，有工作了，那就不一樣了……」

「噢，」妹妹想了一下，開心地笑了起來，「小哥，你好聰明。」

妹妹抱了小潘一下，表達她的崇拜。

「那寶藏要改放到哪裡？」她問。

★

儲藏室的大門開得大大的。裡面又暗又窄，亂七八糟地堆滿了各式各樣的東西。小潘拿著手電筒往裡面照，看著妹妹從裡面很深的小洞爬了出來。

她站起來，拍拍手上的灰塵，得意地說：「寶藏藏好了。」

「這件事我們一定要保密喔。」

「好，打勾勾。」

兩個人小指打勾勾，拇指還蓋指印。

走回房間時，妹妹忽然說：「小哥，我好想買Hello Kitty噢。」

「我也好想買變形金剛。」小潘停了下來，「不然，這樣好了，我們先跟寶藏借一千塊錢。明天放學我們一起去西門町，妳買Hello Kitty，我買變形金剛。」

「可是跟寶藏借錢，好嗎？」

「我們可以問寶藏啊。」

「怎麼問？」

「妳先跟寶藏說：寶藏啊寶藏，請借我一千塊錢，好不好？然後妳再像媽媽拜拜時那樣，用拖鞋擲筊。只要連續三次擲出一正一反，那就表示寶藏願意借給妳。」

「可是，」妹妹又想了一下，「裡面那麼暗，擲筊我又看不到。」

「那我在外面替妳擲筊好了。」

妹妹點頭。一溜煙似的爬了進去。

「寶藏啊寶藏，請借我一千塊錢，可不可以？」她的聲音從貯藏室裡面看不到的地方傳出來，「小哥，我唸好了。」

小潘開始擲拖鞋。他先擲出了一個反反，另一個正正，還有一個反反。小潘繼續又擲筊，可是無論怎麼擲，寶藏似乎就是不肯同意。

「怎麼樣，寶藏怎麼說？」

管他的。小潘說：「寶藏說可以。」

沒多久，小潘看見妹妹從裡面那個洞滿臉笑容地鑽了出來，一邊站起來，還一邊對小潘揮舞著手上的千元鈔票。

「我就知道寶藏一定會同意的。」她說。

15

隔天午休時間，大鵬跑了一趟銀行，把賣「萬象」、「大地」入帳的現金提領出來。他在便利商店買了一個便當，回到辦公室邊吃邊打電話給Jeff。

「你不是說今天會有人來找我交割『一通資訊』的股票嗎？可是從早上到現在，一直沒有人跟我聯絡。」

「我正好要打電話告訴你，」Jeff說：「葉老師不見了。」

「什麼意思，葉老師不見了？」

「那天他不是發了個簡訊給我嗎？之後人就消失了，怎麼聯絡都聯絡不上。」

「怎麼會這樣？他公司電話你打了沒？」

「打了啊，連他公司也沒人知道他在哪裡。」

「不會是欠錢跑路吧？」

「不可能。他最近才賺了那麼一大筆，再說，他公司這個月的薪水也正常發放啊，怎麼可能？」

「奇怪了。」

「這樣吧，」Jeff說：「我等一下把他的電話用簡訊傳給你，你自己想辦法和他聯絡好了。」

掛斷電話之後，大鵬發現手機上顯示五通未接電話，都是「凱蒂」打過來的。於是他回撥了回去。

電話很快接通了。凱蒂告訴大鵬，昨天訂購的廚具，工人到了現場測量發現尺寸不合，必須更換另一套廚具。新的廚具如果要享受特價，大鵬還得在另外一份文件上簽字。

「沒問題，我來處理。」

掛上電話，大鵬打了通電話給忠孝店，交代處理這件事情的細節，交代之後又打電話向凱蒂回報。

等做完這些，Jeff的簡訊傳來了葉志民的手機號碼。大鵬立刻撥了那個號碼。電話沒有回應，手機很快傳來系統的提示說：

「你撥的電話現在無法接通，如要留言，請在嗶聲之後，留下你的訊息。」

嗶——

★

正收看著烹飪節目時，玟玟發現螢幕的影像又開始跳動了。她生氣地拍了拍電視無效，一個人悶著氣，坐在沙發上看報紙。

報紙上是滿版的電器促銷廣告。玟玟放下報紙撥了個電話給莉莉，問莉莉有沒有空一起去買液晶電視。莉莉說好，兩個人立刻約了見面時間、地點。

「對了，」玟玟說：「要不要找靜心一起出來？」

「靜心啊，」莉莉語帶保留地說：「我看她這兩天有些狀況……」

「怎麼了？」

「她跟孫小開有些問題。」

「兩個人不是看起來挺幸福美滿的嗎？」

「唉，家家有本難唸的經。她昨天還在電話上跟我哭了好久，」莉莉嘆了一口氣說：「總之呢，就是一言難盡，見面再聊吧。」

★

採購液晶電視的過程非常順利，由於正打折促銷，沒有什麼選擇、也不需要太多討價還價，一下就辦好了。付完帳、約好送貨時間和地點之後，玟玟和莉莉離開了百貨公司的電器專賣店，沿著電梯往樓下移動。
一路上，玟玟興致勃勃地對莉莉說個不停，包括她如何要大鵬講笑話、大鵬如何體貼地送她吸塵器、又如何苦苦哀求要把薪水全交給她……莉莉本來想告訴玟玟昨天看到大鵬和辣妹吃飯的事，不過看到玟玟眉飛色舞的樣子，莉莉決定或許暫時還是不動聲色的好。
她們經過清潔家電區時，發現推銷員正示範著大鵬昨天買回來的那種全自動吸塵器。
「咦，這裡也賣這個？我們家大鵬昨天送我的，就是這台。」
兩個人於是站在那裡看了一下。
「這種吸塵器，倒是滿方便的。」莉莉說。
玟玟看見海報上面寫著：原價兩萬五千元，特價兩萬一千元。她把嘴巴附到莉莉耳邊，低聲地說：
「大鵬的是特價外加員工價，只要五千元。」
「這麼便宜？」
玟玟點點頭，故意問銷售員：「這吸塵器正在打折啊？」
「是啊，原價兩萬五千元，現在促銷價兩萬一千元。」
「可是昨天我一個朋友才買……他說只要一萬元。」
「妳確定是這個機型？」
「是一模一樣的沒錯啊。」

「不可能啦，這台最新機型全省統一都是這個價格。真的有那麼便宜的東西，妳拿來賣我。」
玟玟可開心了。
莉莉把她拉到一邊問：「妳老公真的一台只要五千塊錢就可以買到？」
「他正好有個朋友是這家公司業務，促銷價是一萬元，員工打五折。」
「如果只要五千元，倒是滿便宜的。」
「妳想要的話，我請大鵬也幫妳買一台好了。反正他的朋友可以拿到員工價。」
「那太好了。」
兩個人繼續往下走，莉莉忽然想起什麼，停了下來，她說：
「我打個電話，問問我媽要不要也買一台。」
於是莉莉撥電話給她媽媽，問她現在正在特價中，要不要多買一台。莉莉的媽媽當然說好。
掛斷電話，莉莉問：「這樣一次買兩台，會不會太麻煩了？」
「反正大鵬還不就是一通電話。」
兩個人走到百貨公司一樓廣場的咖啡座，坐了下來。
才點好飲料，玟玟好奇地問：「妳剛剛在電話中說靜心和孫小開怎麼了？又吵架啊？」
「不是，」莉莉說：「這次是劈腿。」

「我覺得靜心老是要找這種有錢的男人，實在不是辦法……」

莉莉嘆了一口氣說：「男人啊，都一樣，錢多就作怪。」

玟玟也嘆氣說：「有機會妳多勸勸她吧……」

「哎噢，她大小姐要是聽人家勸，現在早不知嫁人生幾個孩子了。」

莉莉拿起咖啡杯，啜了一口。「禮拜天同學會，跟妳確認一下，靳莉要我幫忙統計人數。」

「有點意興闌珊欸。」

「妳可不能不去噢。」

「怎麼了？」

「前幾天去拜訪馮老師，她可是指名要看到我們三個，加上何熙仁的噢。」

「馮老師真這樣說？」

「偷偷告訴妳，」莉莉小聲地說：「馮老師的狀況不太好，聽說癌症末期，這次不去，下次不見得有機會見面了噢。」

玟玟沒有再說話。

★

「你撥的電話現在無法接通，如要留言，請在嗶聲之後，留下你的訊息。」

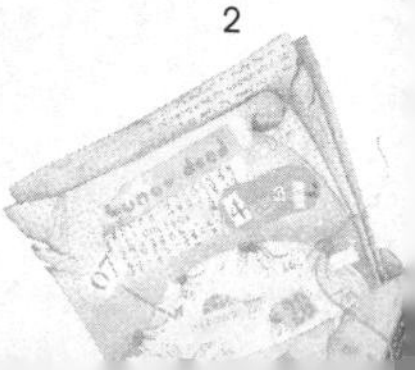

嗶——

大鵬又打了一次葉志民的手機，這次，他想了想，留言說：

「志民，打電話給你主要是想謝謝你，你送我的月球土地契約證書真的帶給我好運，現在我也上網買了一英畝的月球土地，打算送給我老婆。自從上次之後，好久不見了，你還好嗎？」

大鵬停頓了一下，又說：「嗯，就這樣，有空多聯絡。」

16

下午四點半。

小潘和妹妹從玩具城走出來，妹妹手上抱的是她心愛的Hello Kitty，小潘則捧著變形金剛。雖然玩具不同，但兩個人臉上咧嘴笑的得意模樣幾乎是相同的。

「我們一共花了多少錢？」妹妹問。

「Hello Kitty兩百三十元，變形金剛兩百五十元。一共是四百八十元。」

「這樣，我們還剩多少錢？」

「五百二十元。」

「我們回家以後，玩具該放哪裡？」

小潘想了想，停下來說：「我有一個好主意。」

「什麼主意？」

「我們不是欠寶藏一千元嗎？」

「嗯。」

「回家以後，如果我們把玩具和寶藏都放回儲藏室裡，玩具四百八十元，剩下的錢是五百二十元，這樣我們就沒有欠寶藏任何錢了。」

「可是如果玩具還給寶藏了，到時候，如果我們想玩，怎麼辦？」

「傻瓜，到時候再跟寶藏借就好了啊……」

妹妹邊走路，邊點頭。「你真的好聰明噢，小哥。」她又停下來，給小潘一個愛的抱抱。然後說：「我們回家吧。」

★

莉莉開車送玟玟回家。臨下車前莉莉說：「有件事，我看還是提醒妳一下。」

「什麼事？」

「昨天中午，經過我家附近一家餐廳，看見妳老公跟一個年輕的女孩子單獨吃飯欸，兩個人不但喝紅酒，還有說有笑的。」

「應該是公司的客戶吧……」

「我本來也是這樣想，可是那個女孩太年輕了，穿得又時髦又辣，她看妳老公的眼神，一副很崇拜的表情，我覺得不像是客戶……」

「很崇拜我們家大鵬，」玟玟說：「不會吧？」

「女人崇拜男人的眼神，我一眼就分辨得出來。」

玟玟笑了起來，「不可能，他又不像孫小開，身上根本沒有作怪的本錢……」

莉莉聳了聳肩說：「沒有就好。」

告別了莉莉，回到家裡。玟玟走進到房間，坐在床上，喃喃自語著：「作怪的本錢……」

玟玟走到衣櫃前，把衣櫃裡的抽屜拉出來。抽屜裡都是地契、房屋所有權狀、貸款契約、帳單……玟玟翻找了一遍，發現都是一些陳年舊帳。要關上抽屜時，她忽然發現墊在抽屜最底下的報紙底層，似乎還有東西。

玟玟翻開報紙，發現底下有一本類似存摺的東西。

那是一本證券公司的股票存摺，存摺開戶日期是半年多前，但裡面股票存摺沒有登錄任何紀錄。在存摺的最後一頁，夾著一張紙條，寫著證券公司的網路帳戶、密碼，以及保管銀行的網路帳戶、密碼。

玟玟轉身走到大鵬書桌前，坐了下來，抓起滑鼠，點出證券公司的程式，開始輸入帳戶以及密碼。

正要按下「輸入」鍵時，她忽然想：如果連這樣起碼的信任都沒有，我變成了什麼樣的老婆了？玟玟想了想，自我解嘲地笑了笑。她點選了「取消」鍵，並且把紙條、存摺都歸回原處。

手機響了，玟玟接起電話，是液晶電視的搬運工人找不到地方。

「這邊巷弄裡全是單行道，」玟玟說：「你們留在原地不要動，我過去給你們帶路好了。」

★

小潘和妹妹回到家，搭著電梯直上五樓。走出電梯來到家門口時，小潘特別把變形金剛藏到書包裡。妹妹的Hello Kitty太大了，塞不進裝滿書本的書包，只好塞到妹妹的衣服裡。

小潘笑著說：「好像孕婦噢。」

妹妹嘟嘴，輕輕地打了小潘一下。

偽裝好之後，小潘拿出鑰匙，打開了大門。

「我回來了。」小潘探頭進門大喊，可是沒有人回答。

「我們回來了。」妹妹也說。

還是沒人回答。

「沒有人在家欸。」妹妹說。

「好像真的沒有人在家。」小潘邊走邊張望，又到爸媽房間查看，「我們回來了。」

果然沒人在家。

兩個人走到儲藏室門口去，小潘把玩具和錢從書包拿出來，全交給妹妹。

妹妹也從衣服裡拿出凱蒂貓。等小潘一打開儲藏室大門，妹妹一溜煙地往儲藏室的洞裡面鑽，一會兒又從洞裡面鑽出來，對小潘笑著說：「好了。」

小潘也笑著說：「這樣我們就什麼都不欠寶藏了。」

「嗯。」妹妹說：「可是小哥，明天我還買想另外那隻更大的Hello Kitty欸，可以嗎？」

「那隻更大的Kitty要一千五百塊欸。」

「我們可以再跟寶藏借啊。」

「那我也要買另外那隻一千五百塊的變形金剛，這樣才公平。」

「好啊，我現在就進去跟寶藏拿錢。」妹妹問：「可是，我不知道要拿多少錢才好。」

「妳把原來那五百二十元拿出來，之後，」小潘想了一下，「再多拿三千元就夠了。」

「好啊，」妹妹正要往裡面鑽時，忽然停了下來，「這次還要不要擲筊？」

「昨天寶藏不是已經答應過了嗎？」小潘說。

「可是今天問的是不一樣的問題，我看還是擲筊好了。」說完，妹妹很快又消失在洞裡面了。「寶藏啊寶藏，請借我錢，好不好？」她的聲音從儲藏室深處看不見的地方傳出來，「小哥，我唸好了。」

小潘根本沒擲筊，只是拿拖鞋用力地在地上拍了幾下。

「怎麼樣？」妹妹問。

「寶藏說可以。」小潘說。

沒多久，妹妹又笑嘻嘻地爬了出來，把錢交給小潘。

「小哥，小哥。」

「啊？」

「我在想……照這樣下去，有一天，寶藏會不會全部都變成玩具？」

「應該……不會吧？」

門外傳來有人開門的聲音。

妹妹機警地說：「一定是媽媽回來了。」

說著，兩個人立刻關上儲藏室大門，往客廳的方向移動。

他們走到客廳時，看見玟玟走進來，同時，有兩個工人，抬著一個大紙箱，跟隨在她身後。

「哇噢，這是什麼？」小潘問。

「媽媽給你們買了新的液晶電視機，開不開心？」

「哇，液晶電視，」妹妹說：「好酷。」

玟玟把工人帶到客廳，指了指電視的位置，說：「這裡。」

小潘和妹妹連忙跑到電視機前，又叫又跳地看著工人裝機。

17

如果沒有意外的話，放學後我應該先走進3C電子專賣店，買一台MP3播放器，請店員包裝好，然後直接回家的。MP3其實我已經有一台了。是去年生日書浩送的，過幾天書浩的生日就要到了，因此現在我得回報他一台。

照說他買他的MP3，我買我的MP3，其實也沒有什麼兩樣。可是事情就是非這樣不可，不然過生日的場面沒有禮物，面子就太掛不住了。上次我同學浩呆過生日就收到了五台MP3。誰會需要五台MP3呢？更好笑的是，一年之內，送他禮物的人一樣也會過生日。也就是說，一年之內，浩呆還要再買五台MP3回送同學。

所以我覺得，所謂的「面子」，根本就是「打腫臉充胖子」那種又腫又痛的面子。

總之，一放學，我應該帶著我的符咒，直接走入3C專賣店裡去的。不過，還沒走到3C專賣店之前，我先經過了巧克力專賣店。

本來我只是想看看櫥窗。但看了半天，我忽然開始想，如果有人送我生日禮物，我喜歡MP3還是巧克力？

這樣想時，我毫不猶豫地就走進了巧克力專賣店裡去。我相信一定是巧克力香味讓我喪失了清醒的意識，等我從專賣店走出來時，我發現我花了六百元，買了一盒巧克力。

本來，我應該拿著包裝精美的巧克力直接回家才對。不過，經過速食店時，我忽然又想，如果巧克力只有六百元，那麼，我口袋裡應該還有找回的四百元。

我伸手往口袋一摸，果然，還有四張一百元的鈔票。

就在我正要打開速食店的大門時，昨天晚上爸爸特別交代的話：「這個錢不可以拿去買垃圾食物！」忽然浮上腦海。

我立刻後退一步，停了下來。

怎麼辦呢？

速食店賣的當然是垃圾食物沒錯。問題是爸爸昨天說：「『這個錢』不可以拿去買垃圾食物。」所謂「這個錢」，指的是那張千元鈔票，但現在從巧克力專賣店找回來的四百元根本和昨天的「這個錢」是不一樣的「那個錢」。

既然用的是「那個錢」，不是爸爸說的不可以去買垃圾食物的「這個錢」，當然，也就沒有違背不違背昨天對爸爸承諾的問題。

於是，我理直氣壯地推開速食店大門，走了進去。

為了獎賞自己的聰明才智，我給自己點了一組套餐，包括了：特大杯的可樂，還有薯條、漢堡。

我找了個座位坐下來，開始大吃起來。

照說，我應該吃完薯條、漢堡，喝完可樂，趕快拿著巧克力禮盒回家的。不過，等我吃完薯條、漢堡時，桌上的可樂還剩著半杯。我看看巧克力，又看看可樂，心想，巧克力配可樂的滋味應該不賴才對……

於是，我打開巧克力禮盒，聞了聞巧克力的香味。我很希望我的嗅覺告訴我，巧克力和可樂根本搭配不起來。

可是事實正好相反。

我曾讀過一篇報導說：身體的感官中，唯一和大腦直接相連，不需經過轉換的，就是嗅覺。或許正因為這緣故，一聞到巧克力的香味，我的手就迅速地拿起了其中的一顆直接塞到嘴巴裡，根本還等不及腦袋思考下命令，嘴巴已經自動咀嚼起來了。

我的腦袋告訴自己：如果只偷吃一顆的話，或許書浩不會發現……

問題是這樣想時，我的手像跟腦袋各自獨立似的，又拿了第二顆、第三顆……然後是第四顆、第五顆……

事態變得有點不可收拾。

我又念頭一轉，既然口袋裡還剩著兩百多元，何不等一下到便利商店買便宜的巧克力塞進禮盒裡，反正書浩也看不出來。

一不做二不休，這樣想時，我發現整盒禮盒裡的巧克力已經全都被我吃光了。

走出速食餐廳時，我的心情好極了。我直奔便利商店，買了足夠塞滿那個漂亮禮盒的巧克力，再把剩下的零錢，全買了洋芋片、口香糖，泡沫紅茶……

離開便利商店，我邊走邊吃，邊吃邊把垃圾全塞到書包。等我回到家門口時，書包裡面已經只剩下包裝和空盒子了。

我從容地走到樓梯間，把垃圾全都倒進垃圾桶。

看著滿目瘡痍的洋芋片紙袋、口香糖包裝紙、泡沫紅茶保特瓶罐、巧克力禮盒……我忽然想起，如果沒有意外的話，今天放學後，我應該到3C專賣店，買了MP3播放器，然後直接回家的。

★

我摸著鼓脹的肚子走回門口，正想著：「今天可真是充滿了意外的一天啊。」時，大門自動打開了。

從門後頭走出來媽媽、小潘和妹妹——比所有的意外更意外的是——在他們身後，還跟著兩個工人，正搬著舊電視往外走。

「哥，」妹妹又蹦又跳地對我說：「我們家換了新的電視了。」

「啊？換電視？」我吃驚地問：「那，這台舊電視機怎麼辦？」

「丟掉啊。」媽媽說。

丟掉？

「可是，」我說：「電視機好好的……」

「電視機壞了，沒辦法修了，再說，」媽媽說：「就算修得好，家裡也沒有地方擺了啊。」

我想起電視機裡那一疊又一疊的鈔票，焦急地指著電視，「電視……」

「電視怎麼啦？」

我立刻又想到，關於電視機裡的錢，我被下了符咒，應該是完全不記得的才對。於是，儘管媽媽一臉好奇的表情，我竟什麼話都說不出來，只能啞口無言地對著媽媽傻笑。

「你到底怎麼了？」

「沒事。」

啊，趕快通知爸爸。說時遲那時快，我立刻拔腿衝向客廳，拿起電話就開始撥號。

★

手機鈴響時，大鵬正拿著威士忌在櫃枱前結帳了。

店員說：「一萬兩千元。」

大鵬邊掏出一萬兩千元，邊接起了電話：「喂……什麼？」

聽到大鵬大叫一聲，店員抬起頭來看，只見大鵬對電話大嚷：「你趕快阻擋一下，我馬上就到。」

他掛斷電話，抓起盒子裡的酒瓶就往公事包裡塞。根本顧不得還有開發票，立刻拔腿往外跑。

大鵬穿過了大馬路、轉進小巷，又不等紅燈結束，就強行穿越馬路，等他上氣不接下氣衝回家時，大潘在樓下等著，哭喪著臉對他說：「電視機，被搬走了！」

「不是叫你擋一下嗎？」

「問題是媽媽說要丟掉，我沒有辦法啊……」

大潘拿了一張保證書給他，指著保證書說：「上面的店章有電話、地址。」

大鵬看了一眼保證書，拍了拍額頭說：「我的天啊！」

大鵬又氣喘吁吁地跑回百貨公司，銷售小姐告訴他有可能載到附近的大型廢棄物集散中心去丟。

大鵬留下了自己的名片，拿了大型廢棄物集散中心的地址，立刻又跑到大馬路上，攔了部計程車坐進去。

「這個地方，」他把簡介交給司機，指著上面的地址，「麻煩你，我趕時間。」

大鵬從公事包拿出那瓶三十年的典藏威士忌來，打開瓶蓋，喝了一口。

窗外的景色，一會兒是市區的高樓大廈，一會兒是快速道路，一會兒是鄉間小路，就這樣，外頭的景色越來越荒涼……

好不容易到達目的地時，天色已經暗了。

「就是這裡了。」

大鵬付了車費，從計程車下來，一步一步往垃圾場入口走。還沒走進入口，就看見一整個山谷，山谷裡面是蜿蜒的山路，山路上行駛著載滿垃圾的貨車，一堆一堆由垃圾組成的小山丘散落在山谷中，數不清的怪手在那裡挖呀、搬的。大鵬在垃圾場的入口站了一會兒。不知道是威士忌，還是別的理由，他感到有點暈眩。他並沒有立刻走進垃圾場。他只是拿出了那瓶威士忌來，打開瓶蓋，又喝了一口。

18

吃完晚飯，我和爸爸坐在客廳，有點茫然地看著那台新電視。

我問爸爸：「你找到舊電視了嗎？」

爸爸搖頭。「我留了我的名片給他們，請他們再幫我找找看。」

「如果找不到，那該怎麼辦？」

「我要是知道該怎麼辦就好了。」

「裡面有不少錢欸。」

「我當然知道有不少錢。」

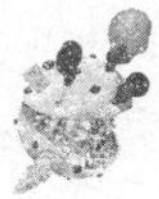

這時媽媽走過來興致勃勃地問：「你們覺得這台新的電視，如何？」

我說：「很好啊。」

「爸爸覺得呢？」

爸爸也意味深長的想了一下說：「很好啊。」

「真的？」媽媽又問。

我和爸爸同時都點頭。

媽媽沒說什麼，走到電話前，拿起電話對著手上的名片開始撥號。一會兒，電話通了，我聽見媽媽說：

「喂，是水電行劉老闆嗎？我是潘太太啦。廚房的水管又塞住，水從排水孔溢出來了，八成是通往管道間的排水管又塞住了。你上次來通過，有沒有？就在餐廳那裡，地板上不是有個維修蓋嗎，打開蓋子，維修孔就在下面……你可以過來看一下嗎……可以盡快嗎？……好，那就麻煩嘍。」

掛斷電話，媽媽憂心忡忡地說：「水電行老闆要明天才來，我看等一下還是先用通樂試一試好了。」

爸爸似乎有點倉皇失措，他問：「妳說從『餐廳地板的維修蓋』下面那個維修孔倒通樂？」

「是啊。」媽媽說。

「我去就好了。」

媽媽有點訝異地看著爸爸。她問：「你什麼時候變得這麼體貼了？」

「這種小事，我來就好了。」

★

趁著玟玟到陽台去晾衣服時，大鵬拿著「通樂」走進餐廳。他蹲下來，根本顧不得開燈，就在陰暗中打開了維修蓋。

出乎意料之外的是，藏在維修蓋下的錢不見了。

大鵬打開電燈開關，伸手下去摸遍了每一個角落，錢，就是不見了。

難道是玟玟？

門鈴響了。

「誰啊？」玟玟的聲音從陽台傳來：「大鵬，麻煩你去開個門。」

「噢。」

大鵬打開門，站在門外的是對門鄰居邱先生、邱太太。

邱先生滿臉笑容說：「下午小美她媽媽回家時遇見了潘太太，她說你們家買了一台會自動掃地的機器，我們很好奇，特別過來參觀參觀。」

「真是不好意思，」邱太太也附和著：「打擾了。」

「哪裡。」大鵬笑了笑，卻一點心思也沒有。他引導著他們往客廳走，邊走邊想：到底怎麼了？藏在電視機裡的錢不見了，維修蓋下面的錢也不見了……

三個人走進客廳，玟玟正好從陽台外面走進來。

「歡迎、歡迎。」玟玟滿臉笑意地說：「我去拿吸塵器過來。」

沒多久，大鵬、玟玟、邱先生、邱太太，還有小潘、妹妹全站在客廳，看著那台自動吸塵器在地上跑來跑去。

邱太太說：「欸，潘先生這麼體貼太太，真教人羨慕。」

「啊，哪裡……」大鵬心不在焉地回答著。

「人家在稱讚你呢。」

邱媽媽又說：「欸，還是潘先生體貼啊，哪像我們家那台吸塵器，連你們家舊的那台都不如噢，我們家先生也從來沒有說要換過。」說完，邱太太還瞪了邱先生一眼。

邱先生一臉無辜的表情說：「這不是要換了嗎？」

自動吸塵器在地上跑呀跑地，嗡嗡嗡的。玟玟得意地向邱先生、邱太太不停地介紹著這款吸塵器的優點：「它有一點很厲害的地方就是：可以主動尋找充電器的位置，自動回到充電座充電。不但如此，而且還可以設定程式，預約打掃時間，時間一到，它就會自動出來打掃……」

大鵬一點圍觀的心情也沒有。

如果不是玟玟，誰會拿走這些錢呢？

看著玟玟得意的表情，大鵬忍不住想：

一定是水管阻塞了，玟玟查看排水管維修孔時，發現了這筆錢。接下來，玟玟一定瘋狂地展開地毯式的搜尋，開始翻箱倒櫃地到處找錢，也因此，發現了藏在電視機裡的錢……

越想，大鵬只覺得頭皮發麻，腦袋越來越膨脹。

不會連抽水馬桶水箱裡的錢，也被她破獲了吧？

一想到這個，大鵬不禁大叫一聲：「啊！」

「你還好吧？」邱先生問。

大鵬捧著肚子，對著邱先生、邱太太尷尬地笑了笑，他說：「沒事，肚子突然不舒服，你們慢慢聊……」

大鵬點了個頭，越走越快。一下子閃進了廁所。

一關上門，大鵬立刻衝到馬桶前。他邊搬開水箱蓋子，邊喃喃地唸著：

「老天保佑，月球保佑，不要被玟玟發現……」

透過清澄透徹的水面，大鵬一眼就看到躺在深處的牛皮紙袋。他急忙把牛皮紙袋從水裡撈出來，拆掉橡皮圈、打開塑膠袋，又從牛皮紙袋裡拿出鈔票來，濕答答地數了又數。

四十八萬八千元。

感謝老天，它。們。全。都。還。在。

★

爸爸從廁所走出來時，邱先生、邱太太已經離開了。

「你還好嗎？」媽媽問。

爸爸點點頭。「人走了？」

「嗯，」媽媽說：「那台自動吸塵器，對門邱先生和邱太太都讚不絕口。我說你認識裡面的業務員一台只要五千塊。他們要你幫他們買一台。」

「什麼？」

媽媽說：「反正你不過是舉手之勞嘛，幫他們買一台有什麼關係。」

「一台？」爸爸沉痛的說。

「對了，今天下午莉莉也說想請你幫忙買。」

「兩台？」更沉痛的表情。

「她本來只想買一台，後來莉莉的媽媽聽到了，也說要買一台。」

「三台？」爸爸一直抓著頭。

「對，」媽媽掏出一萬五千元，交給爸爸，「麻煩你幫忙買三台，做做人情嘛，人家錢都給我了。」

我注意到爸爸看著那些錢，好一會兒不說話。

「怎麼了，有問題嗎？」

「應該沒有吧。」

「那就麻煩你了噢。」

媽媽走了之後，我問他：「爸，你還好吧？」

「嗯。」他說：「你幫爸爸算一算。」

「算什麼？」

「兩萬一千減五千是多少？」

「一萬六千。」這一點也難不倒我。

「一萬六千乘以三是多少？」

我稍微想了一下。「四萬八千元。」我問：「爸，你算這個幹什麼？」

「沒事。」

爸爸說完，好像中邪了似的又往廁所的方向衝。

一看見爸爸又要上廁所時，我立刻衝了過去。我說：「等一下，我也要上！」

★

大鵬從馬桶水箱把牛皮紙袋重新撈出來，取出鈔票，開始數錢。

「……四萬六千，四萬七千，四萬八千。」大鵬數著錢，完全不理會廁所外大潘的哀號：

「拜託啦，我真的很急耶。」

他把四萬八千元放進上衣口袋。再把其餘的錢，塞回牛皮紙袋。正要裝進塑膠袋時，一個不小心，撲通一聲，整個牛皮紙袋掉進水箱裡去了。

大鵬把牛皮紙袋撈起來，但裡面的鈔票已經濕答答了。

砰。砰。砰。拍門的聲音越來越大聲。

「不要吵，」大鵬邊說，邊拿起吹風機來：「你先去爸媽房間的衛浴上廁所。」

「可是你們房間的廁所媽媽在用。」

大鵬連忙把濕掉了的鈔票拿出來，一張一張貼在磁磚牆壁上。

砰。砰。砰。

一整面牆的磁磚很快貼滿了鈔票。「等一下，我馬上就好。」大鵬打開吹風機，手忙腳亂地吹著鈔票。

砰。砰。砰。「爸爸，我也要上廁所。」好了，現在妹妹也來了。

「再等一下下噢。」

「爸爸，你在幹什麼？」妹妹問：「為什麼會有吹風機的聲音？」

「爸爸在……」吹風機呼呼地吹著，大鵬想了一下說：「在弄新的髮型。」

砰。砰。砰。

大鵬手忙腳亂地把吹半乾的鈔票取下來，放進塑膠袋裡。

不一會兒，玟玟的聲音也出現在門外了。

「誰在裡面？」玟玟問。

妹妹說：「爸爸已經在裡面很久了，他說要弄新的髮型，可是我和哥哥都要上廁所。」

「妹妹乖，妳先到媽媽房間上。」

砰。砰。砰。

「你趕快出來去把餐廳的水管通一通吧，」玟玟問：「三更半夜的，在弄什麼髮型？」

「好了，好了。」現在不管半乾的，或者濕的，大鵬一股腦地把它們全摘下來，收進塑膠袋，圈上橡皮圈，丟進水箱裡，蓋上蓋子。

正要把吹風機歸位時，大鵬忽然看見鏡子裡的自己。他手忙腳亂地拿起大潘的髮雕，擠了一大塊往頭髮上抹。大鵬打開吹風機，又拿起梳子，開始往頭上一陣亂吹。

「好了是多久啊？」

「馬上，馬上。」

沒多久，門打開了。

玟玟、大潘看著大鵬頂著一頭又奇怪又沒章法的公雞頭走出來，全張大了眼睛，愣住了。

19

「倒入三分之一瓶通樂，」大鵬蹲在地板上，一邊讀著「通樂」上的使用說明，一邊把通樂倒入維修孔，「再加入兩百五十毫升清水，靜置半小時後，再灌沖大量清水。」蓋上瓶蓋，大鵬起身去廚房找了個鍋子，放到水龍頭下，打開水龍頭，看著水龍頭的水嘩嘩流下來，大鵬忽然想：

那些被玟玟發現了的錢，不管現金或是存入了銀行變成了存摺，應該在這屋子裡吧？

關上水龍頭，大鵬把鍋子端到餐廳去。他捲起袖子，蹲下來，慢慢灌水進去。一邊灌水，他一邊又想：

如果玟玟可以不動聲色把錢拿走，他也一樣可以不動聲色把錢找到，拿回來的，不是嗎？

更何況，就算玟玟發現錢不見了，他還是可以矢口否認的，不是嗎？

★

妹妹赫然發現爸爸在房間東翻翻西找找時，好奇地問：

「爸爸，你在幹什麼？」

大鵬說：「噢，沒……沒什麼，爸爸在找一樣東西。妹妹在做什麼？」

「我在畫藏寶圖，就像《金銀島》裡面，吉姆的藏寶圖一樣。寶藏很豐富喔，你看，」妹妹指了指圖畫上的儲藏室說：「有Hello Kitty、變形金剛，還有金銀財寶噢。」

大鵬胡亂看了一眼，心思全沒在上面。

「你先從房間大門往前走八步，然後再左轉，直走四步，走完四步之後，再右轉，直走走四步，就會碰到一個門。」妹妹又說：「你要輕輕地問：寶藏寶藏，我可不可以開門。還要用拖鞋……爸爸，你到底要不要找寶藏？」

大鵬說：「妹妹先畫圖，爸爸現在有很要緊的事……」

大鵬爬到床上，踮腳看櫃子的上方。他打開櫃子，摸索櫃子最裡面的角落，又轉頭查看櫃子後方的死角。

等到玟玟走進來時，大鵬正趴在地板上，搜尋床底下。

「咦？」玟玟問：「大鵬，你不是在弄水管嗎？」

大鵬驚惶地坐起來。他說：「我，我在查看水管，對，水管……剛剛通樂倒了，發出咕嚕咕嚕的聲音，我在查看不通的位置到底在哪裡。」說著，又故意把耳朵趴到地板上。

「媽媽，」妹妹說：「妳要不要跟我玩寶藏遊戲？我這裡有藏寶圖。先從房間大門往前走八步，然後再左轉，直走四步，走完四步之後，再右轉……」

「妹妹，媽媽現在很忙。對了，大鵬，」玟玟轉身向大鵬。她高高舉起手中的公事包，「你做爸爸的這樣亂丟，小孩子看了也會有樣學樣。下次再這樣，我直接丟到垃圾桶裡去了噢。」

大鵬大吃一驚，想到裡面還有三十幾萬元鈔票，觸電似的跳了起來。

「怎麼了？」

大鵬沒回答，手足無措地傻笑著。

「裡面什麼東西啊，」玟玟問：「這麼重？」

★

大鵬把公事包塞到床底下深處，想想不妥，又拿出來，放到枕頭下墊著。他躺到床上，把頭放在枕頭上，試了試，又把公事包拿出來。忽然，玟玟洗完澡從浴室走出來的聲音傳來，大鵬立刻把公事包往棉被底下塞，整個人趴到棉被上。

玟玟慢條斯理走到床邊，在床緣坐下來。她拿出床頭櫃抽屜裡的乳液，開始在全身四肢搓抹。邊抹乳液，邊問大鵬：「幹嘛趴在棉被上？」

「我看妳每天睡前做運動，效果好像不錯。」說著，大鵬開始把大腿往後抬得高高的，「我也來試試。」

「做運動很好啊，」玟玟放下了乳液，「做後抬腿你不能這樣趴著，來，我教你，你要手掌、膝蓋同時著地，像這樣，每組做十二次。」玟玟跪到床上，膝蓋、手掌做支撐，開始往後抬左腿。

大鵬看著玟玟的動作，也照樣畫葫蘆。一邊往後抬左腿，大鵬一邊想：玟玟會把錢藏在哪裡呢？

做完十二次之後，玟玟又說：「來，換抬右腿。一、二、三、四，二、二、三、四……」

玟玟換了右腿，大鵬也跟著換邊抬腿。

邊抬右腿，大鵬禁不住又想：

或許玟玟這時也正在想：「其他的錢都藏在哪裡」吧？

一切像極了大鵬看過的一部驚悚電影。到最後，男女主角發現，要置自己於死地正是自己最親密的枕邊人。

「現在側右邊，做側抬腿。」玟玟換了一個姿勢，側身向右，背對著大鵬，開始左腳側抬腿。大鵬也跟著變換動作。

「一、二、三、四，二、二、三、四……」邊抬腿，玟玟想的是：莉莉說的那個女人到底怎麼回事？她應該問問大鵬的。可是話到了嘴邊，卻變成：

「餐廳維修孔下面的水管，沒問題了嗎？」

這話大鵬聽起來話中有話，但他還是故作鎮定地說：「好像通暢了些，不過還要再觀察一下。」

「噢。」玫玫邊做動作，邊想：不問那個女人的事，其實是不信任他，但問了更是讓他覺得不被信任。問好呢？還是不問好？

三、二、三、四，四、二、三、四……

想了半天，玫玫又問：「今天換的電視機，你還滿意嗎？」

排水管維修孔、電視機，裡面的錢都不見了。你感想如何啊？

在大鵬聽來，玫玫話中有話，再清楚不過了。

「很好啊，」大鵬不動聲色地說：「不是說過了嗎？」

「可是你的臉並沒有看起來很開心。」

開心的臉？大鵬說：「沒妳那麼開心吧？」

「什麼意思沒我那麼開心？」

「錢多啊。開心。」

邊運動著左腿，玫玫心裡想，原來大鵬把薪水交出來，是有怨氣的。

玟玟轉過身體，開始換右腳側抬腿。大鵬也把身體轉過去，換右腳側抬腿。現在玟玟就在大鵬背後，看著大鵬的背影。

安慰安慰他吧。玟玟心裡想。

「你不是說過嗎？你的錢就是我的錢，我的錢也是你的錢嗎？」

大鵬背著玟玟抬右腿，玟玟的表情雖然看不到了，但這話聽起來卻是青天霹靂。你。的。錢。就。是。我。的。錢。我。的。錢。也。是。你。的。錢——這無非是在向大鵬宣誓：不管你藏了多少錢，藏在天涯海角，我都會把它找出來的。

「不是嗎？」玟玟在背後又問了一次。

不知怎地，大鵬有種冒冷汗的感覺。「當然，」他說：「當然。」當然不可能。

沒有人再開口說話，沉默持續著。

畫面看起來很一致，兩個人就這樣無聲地繼續抬腿、放下、抬腿、放下。

過了一會兒，玟玟終於開口提及了那個她最想問的問題。

「對了，莉莉今天告訴我說……」

大鵬沒有接腔，或者說，沒有在正常的時間裡接腔。不管他只是接「說什麼？」或「嗯？」都好，玟玟都會繼續說下去的，但是大鵬就是沒有。這讓玟玟覺得，當她說「你的錢是我的錢，我的錢是你的錢」，他其實是不高興的。

「說什麼？」大鵬問。

「沒事。」玟玟心裡想，或許他們的關係，並沒有堅固到可以這樣問。

「沒事？」

「沒事。」

20

黑暗中，大鵬並沒有睡著。他越想越覺得不安心。

從今晚玟玟看他從廁所走出來時臉上的表情看來，搞不好已經起了疑心。再不換個地方藏錢，這些僅剩的彩金，難保明天回家時也不翼而飛了……

大鵬屏息凝神，躡著腳走出房間，穿越陰暗的客廳，走進廁所。他關上廁所門，打開電燈，輕輕地搬開抽水馬桶水箱蓋，從水箱裡撈出了濕答答的塑膠袋，解開橡皮圈，取出了裡面的牛皮紙袋。

他把牛皮紙袋裡面的鈔票又數了一次。一共是四十四萬元。

大鵬把一部分潮濕的鈔票貼在瓷磚上。拿起吹風機要吹，想了想不妥，聲音太大了。

抱著剩餘的鈔票坐在馬桶上，大鵬忽然想，搞不好玟玟把錢藏在浴室也說不定。

大鵬從洗衣機背面、櫃子上面，到抽風機封口，又把浴室上上下下搜索了一遍。

當他搜索到天花板，推了推輕鋼架上的矽酸鈣板時，忽然有了一個新的靈感。大鵬立刻把鈔票從瓷磚上摘下來，全數塞回塑膠袋裡。他丟掉潮濕的牛皮紙袋，無聲無息地打開廁所大門，躡手躡腳穿越過客廳，來到餐廳。

透著窗外射進來幽微的光，大鵬對著餐廳的天花板觀察了一下。他搬了把椅子，站到上面去，用手輕輕推了推矽酸鈣板，很容易就把矽酸鈣板推開了。

再沒有比這裡更理想的位置了。

首先，沒有人猜得到錢會藏在天花板上。再來，就算真想得到天花板，也得翻遍所有的矽酸鈣板，才找得出藏錢的位置。

大鵬從右手邊直排數過來：「一、二、三、四。」再橫著數過去：「一、二、三、四。」

他心想：把四十四萬藏在第四行的第四格矽酸鈣板，再酷不過的記憶法。大鵬於是開始笨拙地爬到餐桌上去……

就在他仰著頭，把一個塑膠袋往天花板放時，忽然聽見：「爸，你在這裡幹什麼？」

大鵬嚇了一大跳，袋子差點掉落到地上。他低頭一看，又是大潘。

「嚇死我了，」大鵬問：「你怎麼會在這裡？」

「我起來上廁所啊……」大潘忽然反應過來，「噢喔，你還有私房錢，我要告訴媽媽……」說完，大潘作勢要離開。

「等一下。」

「怎麼了？」
大鵬蹲在餐桌上，開始對大潘邊比畫，邊唸起符咒：「#%&^*……@」
「幹嘛啦？」
「唸符咒啊，%&^*……」大鵬用力一比，輕輕地說：「忘記！」
「嘿嘿嘿，這樣沒效啦……」
大鵬停下來，沉默地望著大潘，大潘也望著大鵬。
大鵬嘆了一口氣，心不甘情不願地從塑膠袋裡面取出一張還是濕濕的千元鈔票，在大潘面前晃了晃。
「這樣呢？」
大潘睜大眼睛看著鈔票，露出笑容，不斷地點頭。
大鵬重新又開始邊唸咒語：「#%&^*……@」隨著大鵬的手勢比畫，大潘也跟著搖頭晃腦。等唸完了咒語，大鵬用力把鈔票貼在大潘額頭上，輕輕一喝：「忘記！」
鈔票竟然在大潘額頭上貼住了。符咒的法力讓大潘著魔似的靜止不動。
大鵬說：「你在夢遊，你什麼都沒看到。懂不懂？」
「我在夢遊，我什麼都沒看到。」
「很好，現在滾開。」
就這樣，大潘額上貼著符咒，兩手伸直，殭屍似的跳開了。

21

「你說排水孔維修蓋下面的錢是玟玟拿走，那沒問題。不過你藏在電視機裡面的錢可不一定啊。」Jeff嘴裡邊咀嚼著食物，邊說：「也有可能玟玟是真的不知道電視機裡面有錢。」

中午的地下室餐廳，人來人往的上班族。大鵬無精打采地聽著Jeff的高見。「你的意思是說，那筆錢有可能現在還是在電視裡？」

「當然。你想，如果沒有人跟她通風報信，誰會想到電視機裡面有錢？」

大鵬愣了一下。

「還有，回收的電視你去找過了嗎？」

「找過了啊，什麼回收中心、垃圾場都找過了啊，就是沒找到。」

「這種東西不可能找不到的，」Jeff說：「你請電器專賣店給你搬運工人的電話，你直接問工人，一定問得到。」

「欸，我怎麼沒想過呢？」大鵬低下頭，打開公事包，從公事包裡拿出昨天大潘交給他的保證書，保證書上的店章清清楚楚地印著專賣店的電話號碼。

他下意識地伸手進外套口袋裡面找手機，卻發現手機不見了。

「咦，奇怪。」

「怎麼了？」

「手機。」大鵬又在公事包裡面的袋子東翻西找，「明明還在的啊。」

「會不會在辦公室？」

「不可能，我今天一早進公司就開會到現在，手機根本沒拿出來用過。」

Jeff把自己的手機拿出來，交給大鵬。他問：「吃個飯，幹嘛還帶公事包？」

「買『一通資訊』的錢啊，三十幾萬，加上買三台自動吸塵器的錢，四萬八千多塊。」

「這麼多錢幹嘛帶在身上？」

「放家裡萬一被發現了，還不又要充公？」大鵬問：「對了，你有沒有葉志民的消息啊？」

Jeff搖頭。「你沒聯絡他啊？」

「電話打了，問題是找不到人啊。」大鵬看了看Jeff，打著什麼主意似的。過了一會兒他說：「Jeff，可不可以跟你打個商量？」

「什麼事？」

「買『一通資訊』的三十幾萬元，可不可以請你幫我暫時保管一下？」

「我幹嘛要替你保管？」

「你知道我今天多倒楣？一早汽車就發不動。發不動坐捷運也就算了，沒想到從捷運站出來時，一個小鬼衝出來，抓住我的公事包就要搶，幸好被我用力一拽把公事包搶了回來。」大鵬驚魂甫定地說：「這些錢放在家裡老婆要搶，走在路上強盜要搶，我越想就覺得越可怕……」

Jeff笑起來了。

「笑什麼？」

「這些錢你應該找葉志民才對啊，再試試吧。」

大鵬用Jeff的手機撥了葉志民的電話，結果還是沒人接。

「你看，我今天就是這麼倒楣，車壞了、錢被搶，現在連打電話都沒有人接。」大鵬抓了抓頭說：「怪了。葉志民不會是被綁架、被謀殺，或自殺了吧？」

「喂，你自己倒楣也就算了，連說出來的話都沒一句好話。」

大鵬沒說什麼，只是把手機交還Jeff。Jeff還沒接過手，大鵬想起什麼，又拿了回去。「借我再打一通。」

大鵬開始撥電話。

「你打給誰？」Jeff問。

「我自己。」

大鵬聽見自己手機響了好久，可是沒人接。大鵬掛斷電話，把手機交給Jeff，嘆了一口氣說：「我就預感今天什麼事都不對，你看，連打自己的手機，也沒有人接。」

★

家裡的餐桌底下，大鵬的手機響著，那時候玟玟就在家裡，但是她沒聽到，因為門鈴正響著，她跑去應門。

玟玟打開大門，發現站在門口的是靜心。玟玟問：「妳怎麼突然就這樣冒出來了？」

靜心拿著一大包塞得滿滿的黑色塑膠袋。「我拿這個來給妳！」

「這是什麼？」

「妳寄放在我那裡的兩雙高跟鞋，還有兩個Chloe包，統統放妳這裡。」

「等一下，」玟玟說：「高跟鞋是我的我知道，問題是兩個Chloe包又不是我的，無緣無故的，幹嘛放我這裡？」

「妳要聽理由？好，跟妳說，」靜心說：「因為等一下我要去跳樓了。」

「不行，不行，要跳樓也不能把這些東西塞給我，萬一被我老公發現了，逼得我也只好跟妳一起去跳樓了。」

「喂，妳這是什麼朋友啊，我要跳樓了，妳也不幫一下。」

「像妳這麼好命的人都還想跳樓，別人怎麼辦？」

「我要去跳樓，妳不信？」靜心就這樣看著玟玟，直到淚水盈滿眼眶，流了下來。

玟玟嘆了一口氣說：「進來吧。」

靜心走進來，玟玟關上門，領著她走進客廳讓她坐了下來。玟玟倒了一杯水，又拿了衛生紙給她。

「孫小開的事，」玟玟說：「對不對？」

「妳都知道了？」

「莉莉跟我說了一些。」

玟玟說：「這個孫小開這樣花心，報紙過去都登過。妳和他交往之前，應該不會不知道他過去的紀錄吧？」

「我當然知道他過去的紀錄，我只是以為他這次遇見我，會有所改變，沒想到……」靜心嘆了一口氣，沒說什麼。

「妳很難過我知道啦。不過話又說回來，我覺得與其這樣，早一點發現也不是什麼壞事。老實說，你們兩個人談戀愛啊，從一開始我就不覺得合適。」

「為什麼？」

「我問妳，如果他很窮，家裡沒什麼錢，自己也沒什麼事業，妳會不會愛他？」

靜心想了想，搖搖頭。

「妳不覺得妳這樣的愛很奇怪嗎？到底妳愛的是對方的錢，還是對方的人？」

「我也不希望只是愛人家的錢啊，但問題是有錢的男人才有能力浪漫，是吧？我想談浪漫的戀愛、想過浪漫的人生，妳說，沒錢的男人能做得到嗎？」

「那妳想，如果妳又胖又醜，他會看上妳嗎？」

「當然不可能。」

「好吧，就算有一天你們真的結婚了，妳保證永遠都不會變老、變醜嗎？」

靜心沒有說話。

「假如是妳爸爸、媽媽好了，有一天，當他們變老、變窮或生病了，妳會因此而不愛他們嗎？」

「當然不會。」

「這才是穩定、持久的愛啊。」

「問題是我在談戀愛啊，又不是在找爸爸、媽媽。」

「可是一旦結婚了，你們就變成親人了啊。」玟玟說：「妳可想好了，浪漫的，就不穩定。穩定的，就不浪漫。」

「妳別一竿子打翻一條船。難道就沒有穩定又浪漫的男人嗎？」

「不能說沒有，但要嫁給一個穩定又浪漫的男人，比中樂透彩的機會還要小。」

「那我問妳，你們家大鵬是屬於浪漫的，還是穩定的？」

「當然是穩定的。」玟玟說：「他一點也不浪漫。」

「那何熙仁呢？」

「何熙仁是浪漫的，所以啊，不穩定，結果我們就分手了啊。」

「所以妳的意思是說，男人穩定的比浪漫的好？」

「想結婚的話，當然是穩定的，比浪漫的好。」玟玟斬釘截鐵地說。

「我覺得那可不一定。」

「哪裡不一定？」

「浪漫的至少還有浪漫，穩定的一開始就沒有浪漫了，如果到頭來也不穩定，跑去和別的女人亂來，不是太虧了嗎？」

「妳這什麼理論？」

「這可是專家說的。妳別看男人什麼忠厚、什麼穩定，他們內心其實都是一樣的。穩定的，不是比較壓抑，就是比較善於偽裝。結果因為他看起來忠厚老實，妳一點防備心都沒有。等他有外遇之後，所有人都知道了，妳反而是最後一個知道的……」

「隨便啦，我不想跟妳再抬槓了，如果妳覺得孫小開好，不介意他的那些沒完沒了的緋聞，就繼續跟他交往吧。」

靜心嘆了一口氣說：「唉，說真的，我也不想再陪孫大少耗時間了。」

「等一下，」玟玟說：「妳不想和他繼續浪費時間，跟東西放我這裡有什麼關係？」

「妳不知道啊？聽說上一任女友和他攤牌，他找人侵入她的屋子裡，把送她的包包、鞋子，全部都拿走。我最近要跟他攤牌了，他有我那裡的鑰匙，我怕妳這些鞋子放我那裡也遭池魚之殃。」

「既然如此，高跟鞋我留著，包包妳拿回去吧。」

「妳瘋了？這些包包萬一被他拿回去怎麼辦？」

「妳都下定決心要和他攤牌了，還在乎這些包包？」

「我沒有在乎這些包包，問題是就這樣便宜了他，我才不甘心咧。」

「有什麼好不甘心的？」

「他騙得我團團轉啊。」靜心說：「妳知道後來我是怎麼發現他的事的嗎？」

玟玟搖頭。

「妳怎麼知道的？」

「我每天偷聽他的手機留言還有偷看簡訊，就這樣像拼圖一樣，慢慢拼湊出來的。妳知道嗎？」靜心睜大眼睛說：「這傢伙啊，除了我之外，現在進行式的女友就有一個，過去完成式又跑回來跟他糾纏的還有一個。這些都才是知道的而已，天曉得不知道的，還有每天新發生的，還有多少，難怪整天忙忙忙，忙個不停。」

「這麼多啊？」

靜心點點頭。「玟玟，妳查不查妳老公的手機，還有e-mail？」

玟玟搖頭。

「妳偶爾要查一查啊。我是過來人了，」靜心說：「男人啊，沒幾個是禁得起檢查的啊。」

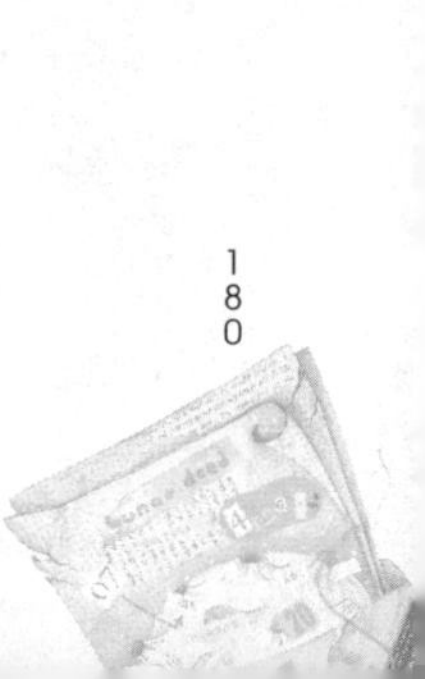

★

小潘和妹妹從玩具城走出來，妹妹抱著有半個人高的Hello Kitty，小潘抱著已經遮住半個臉的變形金剛走在路上。

妹妹問：「小哥，我們還剩多少錢？」

「八十塊。」

「昨天我們不是還有五百二十塊嗎？後來我又跟寶藏借了三千塊，怎麼只剩下這麼一點點？」

「變形金剛一千五百塊，Hello Kitty 一千五百塊，不就三千塊錢了？」

「嗯。」

「我們剛剛不是還打魚雷、投籃球，吃了漢堡、炸雞嗎？最後又買了一個冰淇淋一起吃，一共是四百四十塊錢。所以啊，三千五百二十塊減掉三千塊，再減掉四百四十塊，我們只剩下八十塊了。」

「小哥，」妹妹又問：「你昨天跟寶藏借錢的時候，有沒有跟寶藏說我們今天要吃東西？」

小潘搖頭。

「那怎麼辦？寶藏知道了會不會不高興？」

小潘停下來想了想說：「這樣好了，我們可以告訴寶藏變形金剛是一千七百二十元，Hello Kitty也一千七百二十，加起來剛好是三千四百四十元。再把八十元放回去，正好是三千五百二十元，這樣我們就不欠寶藏了。」

「可是，寶藏會不會知道我們騙它？」

「傻瓜，寶藏躲在儲藏室裡，又看不到。只要妳不說，我也不說，它怎麼會知道？」

「噢。」

小潘和妹妹轉個彎，繼續往捷運站走。妹妹忽然又問：

「小哥，我又有問題。」

「什麼問題？」

「等一下回家，如果媽媽在家的話，我們要怎麼把玩具帶進樓上？」

小潘歪著頭，邊走邊想。

「有了，」他說：「我們可以把玩具放在樓下，我先進家裡觀察，看看媽媽在不在。要是沒有人在的話，我從房間的窗口揮手畫圓圈。這樣，妳就可以直接進來了啊。」

「嗯。」

走了幾步，妹妹轉身來到小潘面前，邊後退，邊說：「可是，如果媽媽在家，那怎麼辦？」

「那簡單，」小潘說：「我們先買一條繩子放到我的書包裡。萬一家裡有人的話，我在窗

口揮手打叉叉，然後再把繩子放到樓下，妳接到繩子之後，把玩具都綁在繩子上，我用力一拉，不就行了嗎？」

「我們還有錢買繩子嗎？」妹妹停了下來。

小潘也停了下來說：「還有八十塊，應該夠。」

「小哥，你好聰明。」妹妹露出了嫣然笑容，上前給小潘一個愛的抱抱。

★

送走靜心之後，看著高跟鞋和皮包，玟玟可煩惱了，這些東西擺哪裡呢？

走到玄關，才打開鞋櫃玟玟就決定放棄了。這可是所有的人共用的鞋櫃，兩雙高跟鞋放在這裡顯然太礙眼了。

玟玟打開衣櫃，發現裡面空間太小了。她試著把東西塞到衣櫃上方的空間，塞進去之後，又發現太明顯了。

於是玟玟走進客廳，開了開這個櫃子，走進廚房，開了開那個櫃子。

無論如何，她就是找不到一個合適的地方。

最後，玟玟走進餐廳，打開了頂層櫥櫃，找了一把椅子站上去。一陣管線裡的水流聲從頭上嗚咽而過。玟玟抬起頭，望著頭頂上的天花板，看了好久。有了。她心想。

玟玟把一塊矽酸鈣板推開。用手摸了摸天花板的內面。

玟玟去廚房找了張報紙。她站在餐廳入口處，望著天花板，開始數：「一、二、三、四、五、六。」嗯，左邊算來第六列，「一、二、三、四、五、六。」第六行。

數完之後，玟玟又站到椅子上，踮著腳尖把報紙鋪到天花板內面。她把高跟鞋、皮包都取出來，輕輕放到天花板上，再蓋上矽酸鈣板。

就在她從椅子下來時，手機鈴響了。

循著鈴聲的方向，玟玟彎下腰去看，她發現餐桌下，躺著大鵬的手機，正響著。

等玟玟把手機撿起來時，電話已經斷了。

「怎麼老是東西亂丟呢？」玟玟嘀咕著：「昨天是公事包，今天是手機。」

才說完，桌面上大鵬的手機又響了。

玟玟瞄了一眼，無意中瞥見了螢幕上顯示著的來電人姓名是：凱蒂。

這個名字似曾相識。

鈴聲仍然響著。本來玟玟是可以輕易地接起電話的，可是不知道為什麼，她猶豫了一下。

★

尼龍繩定價六十元。當小潘從僅剩的八十元零錢拿出六十元給老闆時，心裡還想著，等一下找二十元，正好可以到便利商店買一支冰棒和妹妹平分。

不過就在雜貨店老闆接過錢時，小潘聽見妹妹在身後發出了驚喜的叫聲：

「啊，小哥，這裡的馬克杯上面也有印Hello Kitty欸。」

小潘轉頭過去，正好看見妹妹抱著她的大Kitty，往馬克杯架子的方向一個大轉身。小潘覺得情況不妙，才正要喊出聲音來，妹妹的Hello Kitty已經撞倒了架上的盤子了。

一切都發生得太快了。

老闆制止的聲音，還有小潘「啊——」的叫聲，盤子掉在地上唏哩嘩啦的破碎聲音，幾乎是同時發出的。等妹妹回過神，發現她闖下的慘劇，開始哭個不停時，一切已經無法挽回了。

一共打破了十二個盤子。每個盤子七十元，照價賠償的話，一共是八百四十元。

小潘搖搖頭，掏出口袋僅剩的二十元硬幣給老闆看。

「你家裡電話幾號，我打電話給你媽媽，請她來結帳。」

小潘和妹妹同時都搖頭。媽媽看到打破的盤子八百四十元也就算了。小潘完全無法想像，媽媽看到Hello Kitty和變形金剛，會有什麼後果？

「你們不讓我打電話，又沒錢賠償，你們說該怎麼辦才好呢？」

「老闆，你可不可以等我一下？」小潘說：「我回去拿錢，馬上回來。」

老闆說：「那妹妹必須留在這裡當人質。」

妹妹問：「什麼是人質？」

小潘說：「人質的意思是說……綁架的時候，拿來換贖金的人。」

「那我被綁架了嗎？」

「喂，哪有誰被綁架，」老闆說：「你們可不要亂說話。」

「那如果哥哥不拿錢回來，老闆，你會殺了我嗎？」妹妹問。

「天啊！你們把我想成什麼了？」老闆說：「算了，我還是打電話給你媽媽好了。你們家電話幾號？」

小潘說：「老闆，拜託拜託啦，只要十五分鐘就好。如果十五分鐘後，我還沒有回來，你就打電話找媽媽來。」

老闆問妹妹說：「妹妹我問妳，妳願意在這裡等哥哥十五分鐘嗎？到時候如果他還不回來，妳把家裡電話告訴我，我打電話請媽媽來接妳，好不好？」

妹妹咬著下唇，看看小潘，又看看老闆，點了點頭。

★

現在來電鈴聲停了，在手機螢幕上留下了又一則「凱蒂」的未接來電紀錄。玟玟拿起手機，想了想，又放了下來。

別自尋煩惱了吧。玟玟說。

才說著，靜心的聲音又浮上腦海。

男人啊，沒幾個是禁得起檢查的啊。

玟玟又拿起了手機。她深吸了一口氣，下定決心打開大鵬的通訊紀錄。

通訊紀錄顯示著這個凱蒂光是今天就有三通未接電話。不但如此，昨天有六筆，前天更有三筆通聯。

玟玟記得莉莉昨天曾提醒她，前天中午看見大鵬和一個漂亮的年輕女孩在義大利餐廳用餐，莫非跟這個凱蒂小姐有關？是不是莉莉早看出什麼了？

念頭一轉，玟玟又告訴自己，不可能啊。

她的老公天天都準時回家的啊，更何況，如果一個男人真在外面作怪，他怎麼可能把薪水全都交給自己老婆呢？

正想著，手機傳來一通系統提示著：一通留言。

★

小潘氣喘如牛地衝回家裡，看了看手錶，只剩下十分鐘不到了。

經過餐廳時，小潘看見媽媽似乎拿著手機在做著打電話或聽留言之類的事。

「媽，我回來了。」

小潘低著頭，盡量不跟媽媽的眼神接觸，免得媽媽有事叫住他，問東問西的。他現在可是分、秒、必、爭！

小潘衝到儲藏室，把儲藏室的門打開……

時間只剩下九分鐘不到了。

小潘趴下來，沿著儲藏室裡面那個小小的洞口無聲無息地往裡面鑽。隨著他往前一點，洞裡就變得越來越暗，前進了大概有一公尺左右吧，小潘發現：除了妹妹以外，那個又窄又小的洞，似乎沒有人能夠鑽得進去。

小潘就那樣卡在洞口入口的地方。四周一片黑暗，只有手錶的聲音，滴答滴答地響著。

小潘沒有想到，他越用力，自己就卡進洞裡面越深，到最後他已經進退不得了。眼看著時間一分一秒地過去，小潘不顧一切地繼續用力往前擠。

「衝啊！」他告訴自己，無論如何，一定要鑽進去才行。「衝啊，衝啊，衝啊！」

沒多久，小潘覺得小洞已經有點鬆動的感覺。他告訴自己，繼續用力……

★

玟玟深吸了一口氣。按下了通話鍵。

很快，系統傳來提示：「下午五點二十五分，你有一通留言，從0659358853傳送過來。」

玟玟發現自己的手在微微地顫抖。沒多久，凱蒂的聲音就從話筒傳了出來。那是個年輕的聲音，溫柔而甜美。

「漢武帝大哥，只是要跟你說，我已經和我的男朋友分手了。謝謝你為我做的一切。如果不是認識你，我不會知道什麼是真正的好男人，不會知道什麼是真正的美好，謝謝你帶給我的一切，謝謝。」

聽完提示，玫玫有種六神無主的感覺。鎮定。她告訴自己。她依照指示按了數字1，重聽留言。

留言仍然還在播放著。第二次聽著那個聲音，她忽然想起了凱蒂是誰。她立刻衝進客廳，找出電話底下的備忘紙條，翻出當時洗衣服發現大鵬襯衫裡的名片時，抄寫下來的電話。那張紙條就壓在翔興電器電話號碼的下面。紙條上面清楚地記著：

凱蒂 0659358853。

一模一樣的名字，電話號碼。

剎那之間，從襯衫上的酒味、口紅印，義大利餐廳對大鵬眼神崇拜的年輕女孩，到今天的手機留言，全被玫玫連結了起來。

玫玫發現自己不住地顫抖著。她隱約有種預感，那個她曾經付出、信賴的世界，眼看就要崩潰了。

就在那時候，玫玫聽到「轟」的一聲巨響……

很快，巨響又重複了一次，玫玫聽見小潘的聲音從儲藏室那裡面傳出來。

「救命啊！」那是小潘的聲音沒錯，聲嘶力竭地喊著：「救命啊！」

★

小潘和媽媽匆匆忙忙趕到雜貨店時，老闆還有妹妹正坐在門口等著。

一看到媽媽，妹妹就放聲大哭，用著一副無辜的受害者的表情，向媽媽控訴：

「嗚嗚嗚，都是小哥害的，他說花寶藏的錢沒有關係，他帶我去吃垃圾食物，還帶我去玩電動玩具……嗚嗚嗚，還叫我回家不可以告訴妳……」

媽媽向老闆再三道歉，賠了錢，繃著一張肅殺的臉，帶著小潘和妹妹，抱著Hello Kitty和變形金剛，一言不發地走出了店家。

一路上，不等媽媽質問，小潘就把藏寶圖、妹妹怎麼在餐廳找到寶藏、他們怎麼跟寶藏借錢，去買Hello Kitty、變形金剛，所有的事，全部都一五一十招認出來。

22

我是在巧克力專賣店買了巧克力，又吃了漢堡全餐，回家經過百貨公司門口時，遇到爸爸的。

那時爸爸正手提著三台吸塵器。

「啊，」我說：「自動吸塵器。那不是你的朋友……」

爸爸轉過身來，鄭重警告我：「千萬不能說吸塵器是在百貨公司買的，知不知道？」

我點點頭。

於是爸爸讓我幫他提一台吸塵器，兩個人就這樣一起提著吸塵器回到家裡。

一進家門，爸爸故意提高了聲音說：「哈囉，我們回來了。」

我也跟著說：「我們回來了。」

沒有人回應。

我和爸爸同時都把吸塵器放下，開始脫鞋、換拖鞋。不過一走進客廳，立刻就發現氣氛不太對。

客廳裡，小潘和妹妹低著頭站著。媽媽則坐在沙發上。在媽媽前面的桌上，擺著的是Hello Kitty、變形金剛，還有牛皮紙袋，以及攤成一長排的鈔票。

爸爸停止了唱歌。「啊，你們都在。」他說。

沒有人說話。沉默持續了一會兒。

媽媽問：「聽說我們家有寶藏？」

沒有人回答。

媽媽又提高了聲音再問：「聽說我們家有四十多萬塊錢的寶藏？有誰知道啊？」

還是沒有人回答。

於是玟玟轉向大潘。「大潘，你知不知道？」

「知道什麼？」

「你知不知道家裡有寶藏？」

沉默。

玟玟想了一下。「好。現在小孩都閉上眼睛。」

我們小孩全閉上了眼睛。

「現在我一個一個來。聽說我們家有寶藏，有誰知道啊？妹妹？」

妹妹慢慢舉起了手。

「小潘？」

小潘也慢慢舉起了手。

「大潘？」

我本來想舉手，可是想到我其實是在夢遊，什麼都沒有看見，於是又放了下來。

「大潘？」媽媽又問了一次。

我看了看爸爸，又看了看媽媽。

「大潘，」媽媽說：「你知道，對不對？」

「不要問我。」

「為什麼不要問你？」

我一臉彆扭的表情說：「為什麼明明是大人的事，都要問我們小孩？」說完，頭也不回地走進房間，甩上房門。

我聽見媽媽隨後而至，拍著門說：「大潘，我在問你話，你給我出來！」砰，砰，砰，「你給我出來！」

★

我永遠都不會忘記接下來發生的事。

走進房間裡面，我忽然感覺到電燈開始搖晃，接著是書架上的擺設統統掉下來。

「地震！」我聽見門外爸爸喊著：「快點，大家到餐廳桌子下躲起來！」

接著媽媽也嚷著：「地震了！大潘，趕快出來！」

本來我打算進房間鬧彆扭，一切等風頭過了再說的。不過眼看天搖地動成這個樣子，顯然不是什麼裝死的好時機。於是我不顧一切地打開大門，驚慌失措地衝出來。就在我看見大家都躲在桌子底下，也要往桌子底下鑽時，追在後面的媽媽嚷著說：「不對，地震時，要躲在桌子旁邊，不是底下。這樣才安全。」

於是我們又從桌子底下移出來，全蹲成一排。

房子搖晃得越來越厲害，房子裡忽然停電了，到處一片漆黑。

「媽，」妹妹害怕地問：「我們會不會死掉？」

沒有人回答。

接著，又是一波劇烈的搖晃。爸媽房間傳來好像有什麼掉落的重擊聲。遠方似乎隱約有玻璃破裂聲傳來。風吹進客廳，把房間的門吹開，拍得叭叭叭地作響。

妹妹最先哭了起來，她哽咽著說：「嗚，嗚，嗚……我不要死掉。」

「傻瓜，」爸爸說：「我們全家都在一起啊，沒有人會死掉。來，我們大家緊緊抱在一起，」

可是妹妹還是繼續哭。

「唱歌好了。唱歌就不怕了。我們一起唱歌，」媽媽起了一個調：「我的家庭真可愛❻……」

我們全家緊緊地抱在一起。最先是爸爸附和媽媽，接著妹妹、小潘還有我都開始跟著一起唱歌：

整潔美滿又安康……

搖晃。以及東西掉落的聲音。

姊妹兄弟很和氣，父母都慈祥……

一邊唱歌，我覺得很害怕，可是害怕之中，又有一種很特別的感覺。就在這樣的氣氛中，慢慢地，地震慢慢緩了下來。

黑暗中，我注意到天花板好像有什麼東西翻飛了下來。

「那是什麼東西，」我說：「掉下來了？」

才說完，餐廳的電燈，一閃一閃地亮了起來。

「是鈔票欸。」妹妹說。

我抬頭一看，天啊，的確是昨天晚上那些鈔票，從天花板紛紛飄落下來。

本來還唱著歌的媽媽、爸爸，這時全安靜下來，站了起來。

漸漸，在空中翻飛的鈔票越來越多，下雪似的。

媽媽抓起了一張鈔票，面無表情地問：「我們家天花板為什麼會有寶藏？」

沒有人回答。

「天花板為什麼會有寶藏？」

還是沒有人回答。

媽媽又問了一次：「我們家天花板為什麼會有寶藏？」

差不多同一個時間，就在鈔票飄出來的天花板沒多遠的地方，我看見被地震震歪了的輕鋼

❻編註：〈甜蜜的家庭〉，英國畢夏普（Henry Bishop）作曲，國立編譯館音樂科教科書編審會改譯。

架上，一塊搖搖欲墜的矽酸鈣板傾斜了下來。那塊矽酸鈣板，越來越傾斜，越來越傾斜，從傾斜的地方，掉下來了一隻高跟鞋。

「啊，」妹妹興奮地叫著：「高跟鞋，從天上掉下來了。」

在那之後，是另外三隻高跟鞋，以及皮包，約好了似的，一個接著一個，從天上掉了下來。

第三章
CHAPTER THREE

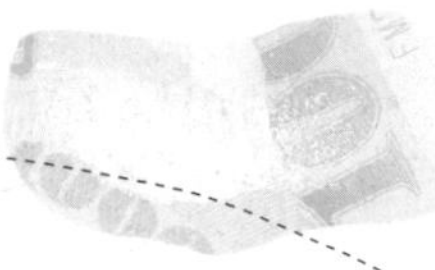

錢只是快樂的手段，不是目的。
只要有了愛，再多的痛苦都是真的；
否則人家只是跟你的錢交往，連痛苦都是假的。
愛不是努力賺錢，也不是對未來滿口開支票，
愛是那種無時無刻都想讓對方覺得快樂的熱情，
想看到對方開心的渴望！

23

儘管地震已經差不多停下來了，但我們卻還站在餐廳裡，目瞪口呆地對望著。連興奮無比的妹妹這時也發現氣氛不對，識相地安靜了下來。

爸爸指著地上的皮包和高跟鞋問：「誰來解釋一下，天上的包包和高跟鞋到底怎麼一回事？」

媽媽不甘示弱地說：「誰來解釋一下，天上的鈔票又是怎麼一回事？」

沒有人說話。

爸爸又問了一次。「誰來解釋一下，天上的包包和高跟鞋到底怎麼一回事？」

媽媽說：「皮包是靜心的，不是我的。」

「不對吧，靜心的皮包，為什麼會跑到我們家天花板來？」

「我說是靜心的就是靜心的，信不信由你。」

「那這兩雙高跟鞋也是靜心的？」

媽媽臉上的表情一陣紅一陣綠的。她生氣的反問爸爸：「那天上掉下來這些錢，又是誰的？」

「我的。」爸爸看了媽媽一眼，說：「我中樂透彩了。」
媽媽不屑地說：「我才不信。」
爸爸從口袋裡面拿出一張單據，交給媽媽。他說：「前天我中了樂透彩。事情就是這樣。」
媽媽接過領據，臉上先是訝異，接下來是憤怒的表情。她激動地說：「好啊，你中樂透彩了，全家吃香喝辣，只有我一個人被蒙在鼓裡，連買一雙高跟鞋都不行。」
「是兩雙。」
「這可是我兩年來頭一次買新鞋，還是打折促銷，兩雙兩千五百塊。」
「那我也告訴妳，我上次買皮鞋已經是五年前的事了。而且，只買了一雙。」
「你買一雙鞋四千元可以，為什麼我兩雙兩千五百元就不行？」
「我不懂，為什麼要買兩雙鞋？妳是蜈蚣還是什麼，妳有幾隻腳？」
「我是蜈蚣？」媽媽嘀咕著：「我就說你吝嗇、死要錢。」
爸爸不高興地說：「妳煮飯跟我算帳、洗衣跟我算帳、帶小孩跟我算帳，妳處心積慮地把所有的錢都從我這裡挖走，就是為了要買這些高跟鞋、包包？」
媽媽沒回答。
沉默持續了大概有半分鐘那麼久吧，爸爸又說：「我不懂，妳有必要為了買這些奢侈品跟我計較錢，把這個家搞成這樣嗎？」
「我才不懂，」媽媽轉身拿起餐桌上爸爸的手機，邊撥號，邊說：「你處心積慮藏了這麼多錢不讓我計較，又是為了什麼？」手機接通了。媽媽用擴音器把留言播放出來。

於是我們都聽到了留言裡那個年輕的小姐溫柔的聲音說：

「漢武帝大哥，只是要跟你說，我已經和我的男朋友分手了。謝謝你為我做的一切。如果不是認識你，我不會知道什麼是真正的好男人，不會知道什麼是真正的美好，謝謝你帶給我的一切，謝謝。」

淚水盈滿媽媽的眼眶，流了下來。媽媽也不擦拭，只是說：「我不知道你還叫做漢武帝大哥……」

爸爸臉上充滿著詫異的表情，他說：「那是一個客戶……」

「我不信，」媽媽火冒三丈，「你說出來的話，哪一句能信？」

「妳不信我，我不信妳，大家都不信，不信就拉倒。」爸爸說。

「拉倒就拉倒，這種日子我也不想過了。」媽媽說。

「妳說不想過了，是什麼意思？」

「你以為我不敢說嗎？」

「妳說啊，說了最好不要後悔。」

「說就說啊，我告訴你，這種日子我不想過了，我們離婚吧。」說完，媽媽惡狠狠地瞪了爸爸一眼，頭也不回地往房間裡走。她走進房間時，還故意把身後的門用力帶上，發出砰的一聲巨響。

★

現在餐廳只剩下爸爸，還有我們三個小孩，情況有些尷尬。

我們當然希望爸爸趕快跑去安慰媽媽，或者做些解釋之類的動作，可是爸爸什麼都沒做，他只是看了看手錶，又看了看我們，用一種似乎什麼都沒有發生的表情問：「你們肚子都餓了吧？」

這個時候還問這樣的問題當然有點奇怪，但看小潘、妹妹都點頭，我只好也跟著點頭。

爸爸深吸了一口氣，又呼出來。他說：「我來煮泡麵給你們吃好了。」說完，走向廚房去，留下我們三個小孩在餐廳裡面。

沒多久，廚房就傳來了泡麵煮熟的濃郁香味。這時，媽媽忽然從房間走出來了，出現在餐廳前，用一種所有人都聽得到的音量問：

「媽媽要去夜市吃晚飯，誰要跟我一起去？」

看我們三個愣在那裡不知如何回答，媽媽又說：「到夜市去噢，隨便吃，吃到飽噢。」

我看見在廚房的爸爸，轉頭望向我們這個方向的眼神。同時，也看到小潘、妹妹舉起了手。

「大潘呢？」媽媽問。

我其實也很想去夜市吃晚飯，可是看到爸爸一手拿著筷子，一手拿著大湯匙，停在空中的樣子，我忽然覺得我似乎應該留下來才對。

「我吃泡麵好了。」我說。

「好，隨便你。」媽媽顯然對我的回答很不滿意，但壓抑著。她伸出雙手，對小潘和妹妹說：「我們走吧。」

小潘、妹妹都乖巧又配合地走過去。

於是，媽媽就這樣一手牽著小潘，一手牽著妹妹，大搖大擺地走出了大門。

★

幾分鐘後，我和爸爸兩個人坐在餐桌前，一起吃著泡麵。

那種景象有點奇怪。

我的意思是說，你抱著大碗公在餐廳吃著熱騰騰的泡麵，在你周遭的飯桌上、椅子、地板上，到處是凌亂散落的鈔票、歪七扭八的皮包和高跟鞋，沒人收拾。

氣氛有點低迷，我們就這樣安靜地吃著泡麵。直到泡麵快吃完了，爸爸才抬起頭來淡淡地問：「大潘今年幾歲了？」

「十四歲了。」我說。

「十四歲了啊，」爸爸喃喃自語地說：「也差不多算是個男人了。」

男人？

爸爸又吃了一口泡麵，淡淡地說：「手機留言裡面的那個小姐，是爸爸公司的客戶。她因為認識爸爸，買廚具時爸爸給她特別的優惠，所以，她打電話來感謝爸爸。這樣明白嗎？」

我點點頭。又搖搖頭。

「不明白啊？」爸爸問。

「有一點不明白。」

爸爸似乎有點不安。「因為她想離開原來的男朋友，所以買了新房子，重新裝潢。因為她和爸爸認識，爸爸特別給她優惠的價格，因此，她覺得，怎麼說呢？嗯，人生有希望，很美好……這樣明白了嗎？」

我點點頭。「但是還是有一點點不明白。」我用拇指和食指比了一個很小很小的距離。

「哪裡不明白？」

「漢武帝的部分不明白。」

爸爸又抓了抓頭。「這樣，」爸爸說：「你在學校，人家都怎麼叫你？」

「大潘。」

「我是說，除了大潘之外，有沒有人叫你綽號之類的？」

「小學時，有人叫我『猴子王』。」

「嗯，『猴子王』。留言裡面那位凱蒂阿姨叫爸爸『漢武帝』，就是綽號，也就是同學叫你『猴子王』的意思。這樣你還有不明白的地方嗎？」

我點點頭，又搖搖頭。「還有一點點不明白。」

「什麼部分不明白？」
「好男人的部分不太明白。」
「好男人啊，」爸爸抓頭抓得更兇了，「好男人是很難的……」爸爸看了我半天，然後問：
「大潘，爸爸的人格，你相信吧？」
我點點頭。
「好，那爸爸用人格向你保證，我和電話留言那位阿姨之間，沒有怎麼樣，也沒有做任何對不起媽媽的事。這樣，明白嗎？」
我點點頭說：「明白了。」
吃完了泡麵，爸爸摸了摸口袋，應該是找鈔票吧，最後，他從凌亂的鈔票堆隨手撿了張千元大鈔給我說：「你去樓下便利商店，再買點什麼喜歡吃的東西吧。」
搖搖頭，把鈔票還給爸爸。
爸爸接過鈔票，忽然想起什麼。「等我一下。」他走進客廳，從公事包裡取出一瓶威士忌，又去廚房拿了兩個小酒杯，走回餐廳坐了下來。
他倒了兩杯威士忌，一杯給自己，把另一杯推到我面前。
「來，陪爸爸喝一杯。」說著，把自己那杯酒咕嚕一下，喝完了。
我受寵若驚地看了爸爸一眼，也拿起酒杯，淺嚐了一口。威士忌的味道苦澀又帶著濃郁的香味。我問：

「你和媽媽真的要離婚嗎？」

爸爸沒說什麼，只是給自己又倒了一杯酒，他把第二杯又一口喝完之後，嘆了一口氣說：

「男人啊，很不容易的……」

我拿起酒杯，也學著爸爸的樣子，把杯子裡的酒往喉嚨裡面倒。就在我忙著處理從喉嚨深處竄出來火焰般嗆人的辛辣時，爸爸說：

「大潘，爸爸要你記住，不管發生了什麼事，爸爸從結婚到現在，都為了這個家在努力，這一輩子和你媽在一起，從沒有做過任何一件對不起她的事……懂嗎？」

儘管我不很明白爸爸在說什麼，但我還是很配合地說：「懂。」

24

隔天是假日，我睡得有點晚，走進餐廳時，妹妹已經在裡面了。一坐下來，媽媽就走過來，慈祥和藹地問：

「妹妹早，早餐要吃什麼啊？有蛋捲、三明治，還有漢堡。」

妹妹說：「蛋捲。」

「沒問題。」媽媽又問：「妹妹要喝什麼啊？牛奶還是果汁？」

妹妹說：「果汁。」

「大潘呢？」

我有點愣住了。對我來說，這一切跟昨天晚上完全銜接不起來。我就這樣愣了大概三秒鐘左右，才回過神來說：「我要蛋捲，還有牛奶。」

「很好，馬上來。」

過了一會兒，就在媽媽把我們的餐點溫柔地放在餐桌上時，小潘和爸爸也走進餐廳，坐了下來。

「小潘吃什麼？」媽媽親切地問：「蛋捲、三明治，還是漢堡？」

小潘顯然也有點手足無措，直到他看見妹妹用叉子叉起了一口蛋捲之後，才放心地說：「我也來一客蛋捲好了。」

「想喝什麼呢？果汁，還是牛奶？」

「果汁。」小潘說：「謝謝。」

現在大家都問完了，照說，該輪到爸爸了。我們全抬起頭來，屏息以待。

只見媽媽走到爸爸面前，板著臉，一言不發。爸爸也抬起頭看著媽媽。

情勢就這樣沉默地對峙著。

最後，爸爸心不甘情不願地用雙手食指、拇指圍出了一個三明治的三角形。

媽媽沒說話，仍然站在那裡。

爸爸又用兩個手掌在頭頂上，比出了乳牛的樣子。媽媽才深吸了一口氣，轉身離開了。

我和小潘、妹妹都互相對看了一眼。儘管我們都有點想笑，可是情勢似乎不太允許。空襲警報顯然還沒解除。

★

早餐之後，我們三個小孩全集合在小潘和妹妹的房間裡。

「昨天你們和媽媽去吃什麼？」我問。

「我們去夜市吃麵線、蚵仔煎、肉圓，之後還去吃炸雞。」妹妹說。

「哇，吃這麼多。」

「媽媽說我和小哥要吃什麼都可以。」妹妹問：「那你和爸爸呢？」

「我們啊，」我說：「我們吃泡麵，然後還喝酒……」

「喝酒？」小潘睜大了眼睛。

我點點頭。

「爸爸有沒有跟你說什麼？」妹妹問。

「爸爸跟我說，電話留言那個阿姨是他的一個客戶，爸爸跟她沒有關係。」停了一下，我問：「那媽媽呢？有沒有跟你們說什麼？」

小潘說：「她問我們，如果有一天，爸爸和媽媽不在一起了，我們想跟誰住在一起？」

「你們怎麼說？」

「當然是跟媽媽住在一起。」妹妹說。

「為什麼？」

「媽媽會煮飯、陪我們做功課，還會幫我們買衣服、買書……」

「可是，」我說：「這樣爸爸不是很可憐嗎？」

妹妹一臉正經八百的表情問：「他們不會真的要離婚吧？」

我搖搖頭，也學爸爸昨天喝威士忌時的樣子嘆了一口氣。

氣氛很令人沮喪，妹妹皺著眉頭不知想著什麼，忽然問：「為什麼人都會吵架？」

小潘說：「簡單的說，人會吵架的原因就是：一個人希望另一個人怎麼樣，另一個人卻不願做，或做相反的事，嗯……這樣，兩個人就吵架了。」

妹妹點點頭，又搖搖頭。她又問小潘：「假設你是一個大人，我是另一個大人。如果你說什麼，我都聽你的話，我們可以不可以永遠都不要吵架？」

「可以啊。」

「那我們來試試。隨便你說什麼，你要我怎麼樣，我都聽你的。」

「哎喲。」小潘說。

「試試看啦，好啦，隨便你要我怎麼樣，我都聽你的啦，」妹妹興致勃勃地抓著小潘的臂膀，搖來搖去，「好啦，好啦，好啦……」

「好吧，」小潘嘆了一口氣說：「我要妳變成貓咪。」

才說完，妹妹立刻倒臥椅子上，四肢抓向天空，喵喵地叫個不停。

「我要妳變成狗狗。」

一說完，妹妹雙手又趴在桌上，汪汪地叫。

「我要妳變成機器人。」

妹妹立刻站起來，學機器人走路。

「好。這樣很好。」

「這樣是不是我們永遠就不會吵架？」

「對，這樣我們永遠都不會吵架。」

妹妹抱著小潘說：「小哥，我好愛你。你愛不愛我？」

「嗯，愛，愛。」

妹妹放開小潘，興奮地說：「好，輪到小哥聽我的話了。現在，我要你先變成貓咪。」

「在這裡啊？」小潘說：「不好吧？」

「為什麼不好？」妹妹說：「人家不管，我聽你的話，你也要聽我的話，不然我也要跟你吵架……」

就在他們兩個人打打鬧鬧時，我忽然靈機一動，大叫一聲：「我有辦法了！」

妹妹和小潘都停了下來，望著我。

「如果我們讓媽媽聽爸爸的話，然後讓爸爸也聽媽媽的話，這樣他們就不會吵架了。」

「可是，」妹妹問：「怎麼樣才能讓媽媽聽爸爸的話，爸爸也聽媽媽的話呢？」

「媽媽沒有聽爸爸的話，是因為媽媽偷偷跑去買高跟鞋，還有皮包。媽媽不是說，皮包不是她買的，是靜心阿姨寄放在她這裡的嗎？」

小潘、妹妹都點頭。

「所以，如果我們打電話給靜心阿姨，請她把皮包拿回去，然後跟爸爸說，媽媽不會再亂花錢了，這樣爸爸就不會生氣了。對不對？」

妹妹、小潘都點點頭。

「嗯，所以，」我很有成就感地說：「等一下，由妹妹負責打電話給靜心阿姨。」

妹妹點點頭。

「接下來呢，」我又說：「爸爸又為什麼沒聽媽媽的話呢？」

小潘說：「因為爸爸把中獎的錢藏起來，不讓媽媽知道，所以媽媽生氣了。」

「所以，如果爸爸中獎的錢全部拿出來交給媽媽，就像他把薪水交給媽媽一樣，這樣媽媽就沒有理由生氣了，對不對？」

「嗯。」

主意既定，我說：「妹妹和小潘先把客廳、餐廳的鈔票都整理好，然後我再告訴爸爸：媽媽已經把皮包還給靜心阿姨，再也不亂買東西了。這樣，爸爸一高興，我再勸他把中獎的錢都交給媽媽處理，這樣不就皆大歡喜了嗎？」

小潘、妹妹都點點頭。

★

任務開始。

首先，由妹妹上場打電話給靜心阿姨。

電話很快接通了，我和小潘連忙把耳朵附到妹妹話筒旁。

妹妹說：「阿姨，我是妹妹。」

「哪個妹妹？」

「玟玟家的妹妹。」

「噢。妹妹，妳好，找阿姨有什麼事嗎？」

「我們家有兩個漂亮的皮包，一個綠色、一個紫色，是不是妳寄放在媽媽這裡的？」

「是啊，怎麼了？」

「昨天地震時，它們掉下來了。」

「掉下來？」

「嗯。它們從天花板上面掉下來了。爸爸看到時很生氣，以為皮包是媽媽的。他說媽媽都亂花錢。媽媽聽到了也很生氣，罵爸爸吝嗇。兩個人吵來吵去，現在他們要離婚了。」

「離婚？這麼嚴重啊？」

「阿姨可不可以把皮包拿回去，告訴爸爸，皮包不是媽媽的？」

「可是，阿姨不想拿回去欸。」

「為什麼？」

「因為那是別人送阿姨的禮物，可是阿姨不想要這個禮物了。」

「禮物那麼漂亮，阿姨為什麼不想要了呢？」

「妹妹啊，如果有人送妳禮物的話，禮物就代表那個人的心意，對不對？」

「嗯。」

「如果送禮物給妳是個虛情假意的人，皮包是不是也就是個虛情假意的皮包？」

「嗯。」

「所以嘍，就算這個禮物再漂亮，妳覺得把它帶在身上，會有意思嗎？」

妹妹想了一下說：「不會。」

「那就對了啊。因為那是一個虛情假意的皮包，所以阿姨不想再拿回來了，這樣妹妹明白嗎？」

「明白。可是，」妹妹搔了搔頭，「媽媽和爸爸吵架，怎麼辦？」

「昨天不是有地震嗎？一定有些受災戶需要幫助。你們可以幫阿姨把皮包捐出去義賣啊，這樣不但阿姨不用再看到皮包，而且可以解決你們的問題，同時還能幫助別人。不是很好嗎？」

「兩個皮包都捐出去嗎？」

「當然。」

「嗯。還有，阿姨，妳可不可以跟爸爸說，皮包是妳的，妳打算把皮包捐出去義賣，這樣爸爸和媽媽就不會吵架了。」

「嗯，這個嘛……阿姨會和媽媽商量，看看怎麼樣可以讓他們不要吵架，好不好？」

「謝謝阿姨。」

★

半個小時之後，就在我們全在小潘和妹妹的房間商量下一步對策時，媽媽走了進來。

「剛剛是妹妹打電話給靜心阿姨，請她把皮包拿回去的嗎？」

「嗯。」妹妹問：「妳怎麼知道的？」

「靜心阿姨打電話告訴我的。」媽媽問：「打電話是妳自己的主意嗎？」

妹妹看了我一眼。

「是我們三個人的主意，我們希望這樣爸爸、媽媽可以不要吵架。」我說。

「媽媽問你們，你們真的覺得爸爸生氣，是因為媽媽亂買東西嗎？」

妹妹說：「哥哥說爸爸生氣，是因為……」

我連忙打斷妹妹說：「我們是在想，如果媽媽聽爸爸的話，爸爸也聽媽媽的話，這樣彼此就不會吵架，也不會離婚了。」

媽媽沒有說話，似乎想著什麼。過了一會兒，才說：「假如你們都覺得這樣的話，那好，媽媽想了一下，既然靜心阿姨要捐皮包，媽媽也決定把高跟鞋，還有你們爸爸送我的生日禮物也一起都捐出去。」

「連爸爸的生日禮物也要捐出去？」

「靜心阿姨不是說了嗎？禮物代表一個人的心意，如果送禮物那個人的心意沒有了，穿在身上，還有什麼意思呢？」

「可是，這些衣服、高跟鞋，妳不是參加同學會要穿的嗎？」

「你們不用擔心媽媽同學會穿什麼。媽媽嫁給爸爸之前，自己有買衣服。」

聽起來不太妙。我問：「可是把爸爸送的生日禮物拿去義賣，好嗎？」

媽媽沒有回答。她離開房間，一會兒又走了進來，把爸爸送的生日禮物，連同皮包、高跟鞋都拿進房間裡來。

「所有要捐的東西都在這裡了。」媽媽說：「還有，麻煩你們告訴爸爸，希望這樣他會覺得很開心。」

媽媽說完，轉身離開了。

25

「我覺得媽媽好像沒有很開心的樣子。」妹妹說。

「我也覺得欸。」小潘說：「她好像不是很樂意把東西捐出去，所以才會用那種心不甘情不願的表情說：『麻煩你們告訴爸爸，希望這樣他會覺得很開心。』怎麼辦？」

我想了一下說：「等一下傳話時，我們可以讓媽媽變得開心一點啊。」

「怎麼變？」

我深深一鞠躬，擺出百貨公司服務人員笑容可掬的表情說：「希望這樣，你爸爸會覺得很開心、很滿意。」

大家全都笑了起來。

★

五分鐘之後，我們敲門走進了爸爸的房間。

「什麼事？」爸爸問。

妹妹說：「媽媽和靜心阿姨把皮包、高跟鞋都捐出去義賣了。」

「為什麼？」

現在輪到我上場了。我說：「媽媽說：『希望這樣，你爸爸會覺得很開心、很滿意。』」

爸爸的表情看起來有點狐疑。「她真的那樣說？」他問。

我點點頭。「一字不漏。」

「爸爸其實沒有要她什麼都不買的，」爸爸嘆了口氣，語重心長地說：「爸爸只是覺得，我在外面賺錢這麼辛苦，你們讀書要花錢、繳房屋貸款也要花錢，爸爸壓力很大，媽媽應該多體諒……」

我們都安靜聽著。

看我們三個人一臉感動的表情，爸爸似乎很受到鼓舞。他繼續又說：「你們知道嗎？爸爸一中獎，第一個想法其實是想跟媽媽分享的。爸爸後來所以沒有告訴媽媽，只是覺得這些中獎的錢，如果交給媽媽，她那麼認真的人，一定拿去還銀行貸款。這樣大家的生活就少一些驚喜了……」

「驚喜？」

「你看，像你的巧克力，弟弟、妹妹的玩具，都是平常生活中的驚喜，對不對？」

我點點頭。

「還有，給你媽的驚喜，像是自動吸塵器，一台其實要兩萬一千元的，可是我怕你媽嫌太貴，騙她一台只要五千塊……」

「可是，吸塵器，不管是哪一種，」我皺了皺眉頭說：「對媽媽好像沒有太大的驚喜……」

「嗯。」

趁著爸爸有點愧疚感時，我說：「爸，你看這些。」說著，我們把爸爸拉到客廳，指著剛剛收拾好的鈔票、玩具，還有媽媽、靜心阿姨準備捐出去的東西。

「你們收拾的啊？」

我點點頭，乘勢說：「我覺得這些中獎的錢，好像不應該騙媽媽，不讓她知道。」

「其實爸爸沒有騙你媽媽的意思啊。」

「沒有？」

「怎麼說呢……這就像有時候我們幫好朋友過生日時，為了給他一個驚喜，大家秘密集合在一起，準備了宴會、禮物，卻不告訴那個人。這種善意的隱瞞當然不能算欺騙，對不對？」

老實說，儘管這些道理聽起來似懂非懂，但我們仍然還是點了點頭。

爸爸又說：「你想，壽星如果在生日宴會還沒開始前，發現大家躲起來了，他的反應竟然是生氣、抱怨大家沒有告訴他，好像也不太合理吧？」

「可是，」我說：「既然壽星提前發現了，是不是大家把生日禮物都拿出來送給他，他就不會生氣了？」

「什麼意思？」

「我是說，我們可以把中獎的錢全部交給媽媽啊，就像前幾天你把薪水交給媽媽一樣。我記得那天她也很開心啊……」

本來一切都很順利，眼看爸爸就要點頭了。然而，在這個關鍵時刻，爸爸卻瞥見了桌上的衣服。

「咦？」他起身走到桌前，拿起那件衣服說：「這不是我送你媽的生日禮物嗎？她怎麼連這個也要捐啊？」

我沒說什麼。

爸爸警覺地問：「你勸我把中獎的獎金全交給媽媽，是你的意思，還是媽媽的意思？」

「是我們的意思。」我連忙說。

「你們的意思？」本來還慈眉善目的爸爸，現在變得似乎有點激動。「好啊，如果這樣她會覺得開心的話，那麼這些錢就讓她都拿去吧。」

老實說，我覺得事情開始變得越來越不對勁，可是又說不上來到底是哪裡不對勁。

「所以，」小潘說：「爸爸答應把中獎的錢都交給媽媽了？」

「好啊，你們把我說的話，一字不漏地告訴媽媽。如果這樣她會覺得開心的話，錢她就全部都拿去。」

★

「你爸爸真的那樣說？」媽媽問。

「一字不漏。」我再三保證。

「這倒特別了。」

「爸爸說他之所以沒有把錢的事告訴妳，只是因為他想給妳一點驚喜。」

「驚喜？」媽媽說：「我怎麼從來沒有感覺到什麼驚喜……」

「他說就像替壽星辦生日宴會一樣。大家沒有告訴壽星，也是為了給他一個驚喜，並沒有要欺騙的意思。」

一疊一疊的鈔票、大大小小的玩具、皮包、高跟鞋、衣服，現在已經全整理在客廳了。

我說：「爸爸說這些都交給妳處理，希望妳覺得開心……」

「媽媽在乎的，根本不是這些東西……」

從媽媽臉上的表情看起來，她的心情似乎還不錯。她的目光掃描過桌上的每一樣東西。就在我們覺得勝利在望時，媽媽忽然說：

「你告訴爸爸，如果他希望我開心的話，這些話請他自己親口來對我說。」

這下可麻煩了。我心想。

★

好了，晚餐時間，我們全家坐在餐桌前吃著飯。

當然，為了避免我們小小的把戲穿幫，我們三個小孩事先做了一些小小的安排和排練。

不過，一邊吃著飯，你可以很明顯感覺到場面有點詭異。過去，爸爸、媽媽熱絡地問著，諸如：「學校發生了什麼？」、「考試考得怎樣？」的場面，或者做人處事的道理之類的談話，今天統統都消失不見了。取而代之的是兩個素昧平生的陌生人，生疏而安靜。

按照腳本，應該由妹妹先開場。但或許是氣氛的緣故，妹妹有些怯場。直到我對她擠眉弄眼了半天，妹妹總算深吸了一口氣，開始說話。

「哥，你知道嗎？」她說：「靜心阿姨和媽媽真的很有愛心噢，她們要把自己心愛的皮包、高跟鞋都捐給慈善單位義賣欸。」

「噢，」小潘相聲演員似的接著說：「真的啊，媽媽和靜心阿姨好有愛心噢。我們都應該好好跟她們學習才對。」

我搞不清楚到底是我的對白寫得不好、他們演得不好，還是觀眾有問題，總之，反應有點冷清。我覺得我們不太像一家人在吃飯，反而像是爸爸、媽媽在「相親」，而我們是忙著說好話，打破尷尬的雙方家長和媒人。

眼見沒有人接話，小潘落了一個自討無趣。他脫稿演出，竟轉過頭問我：「哥，你說是不是啊？」

把球丟給我？我說：「當然。很有愛心，很值得學習，對了，你們要不要效法媽媽，」我又把球丟回去，「把客廳桌上的玩具也一起捐給慈善團體義賣啊？」

我注意到小潘和妹妹同時都瞪了我一眼，顯然對於我的天外飛來一筆，一點也不以為然。可惜迫於情勢，他們不得不裝出歡喜樂意的表情。

「好啊。」妹妹說：「爸爸，我們這樣是不是很有愛心啊？」

我心想，把媽媽包括在「我們」裡面實在很高明。如此一來，一方面爸爸不得不稱讚我們，另一方面就算他必須稱讚媽媽也不會顯得太尷尬。

爸爸總算開始有反應了，他說：「嗯，嗯，這樣很好，很有愛心。」

我們同時都看了媽媽一眼。一直不說話的媽媽也微微地咧起了嘴角。

雖然只是小小的進展，我還是覺得很有成就感。不管如何，媽媽捐東西，爸爸開心了。因為爸爸開心，媽媽也開心了。

接下來輪到小潘發球了。他說：「媽，妳注意到我今天把餐廳都收拾乾淨了嗎？」

媽媽說：「這樣很好啊。」

小潘繼續又說：「爸爸還說，他把餐廳的錢都交給媽媽處理，希望媽媽覺得開心。」

好了，球都做好了，接下來，只要讓爸爸親口說「對」或「嗯」，事情就解決了。可是爸爸卻皺了皺眉頭，不知想著什麼。

說「對」啊、說「嗯」啊，我心裡吶喊著：拜託、拜託……

沒想到爸爸竟說：「如果只有這樣，你媽媽才覺得開心的話。」

本來，如果爸爸說：「如果這樣，你媽媽覺得開心的話。」或許還可以過關，可是他卻說：

「如果只有這樣」，這完全跌破我們的眼鏡。

你可以很明顯地感覺到氣氛一下子從瓦斯爐掉進冰箱裡了。可惜妹妹卻還在狀況外，繼續按照預定的腳本演出。

「媽媽，如果爸爸把中獎的錢都交給妳，妳會覺得開心嗎？」

媽媽安靜了一會兒，才說：「要妳爸爸自己先覺得開心，我才開心。」

沉默。

妹妹的腦袋顯然當機了，又問爸爸：「爸爸，你會先覺得開心嗎？」

爸爸想都不想就說：「妳媽先開心，我就開心。」

他們這樣你先開心來我先開心去的，眼看就要沒完沒了，我連忙岔開話題說：「其實爸爸一中獎，第一個想法其實是想跟媽媽分享，讓媽媽開心的。爸爸說他之所以沒有告訴媽媽，只是希望能用這些錢，給大家帶來一些驚喜，就像辦驚喜生日派對一樣，瞞著壽星，其實是為了……」

話還沒說完，媽媽就打斷我說：「你爸爸說得天花亂墜，為什麼我做他的太太十幾年，從來不知道什麼叫做驚喜？」

爸爸不高興地說：「我送吸塵器她退貨、送生日禮物她樂捐去義賣，薪水全部交給你媽媽，現在中了獎的錢全在這裡……你媽還要離婚，我不懂，到底要怎麼樣的驚喜，你媽才會滿足？」

「是啊，」媽媽譏諷地說：「你爸爸是個好男人，那麼懂得什麼叫美好，外面的女人都曉得感謝他，就我不懂得知足、不懂得感恩。」

「不是跟妳說過了嗎？我。跟。她。沒。有。怎。樣。妳為什麼一定要拿著這個作文章呢？不信妳去查啊？」

「我又不是調查局，為什麼我要去查？」

沉默持續了一會兒。

爸爸說：「我不懂，到底我該怎麼做，妳才會覺得開心？如果妳希望我像迪士尼、夢工廠一樣，每天變出新花樣，妳才覺得會開心，我真的伺候不來。」

「我從來沒有要你伺候我什麼。我只希望，當你領薪水時、升遷時、中獎時，任何你開心的時候，哪怕只是一絲一毫的心意，也想到做些什麼，讓我覺得開心，我就心滿意足了。」

「如果我有呢？」

「你沒有。」

「如果我有呢？」爸爸問：「是不是妳就不離婚了？」

「如果你有，只要你拿得出證據，」媽媽說：「我不但不離婚，我還要鞠躬跟你說謝謝。」

媽媽說完，起身走開了。

★

晚飯後，我們全垂頭喪氣地聚在小潘的房間裡。

「我們搞砸了，」妹妹問：「對不對？」

沒有人回答。

這時，媽媽抱著一桶要拿出去陽台晾的濕衣服，探頭走了進來。

「咦，都在這裡。你們在幹什麼啊？」

「沒幹什麼？」

「義賣的東西，你們打算捐到哪裡去？」

我們三個人都搖搖頭。

「你們不是答應靜心阿姨了嗎？去找找看啊，哪裡有接受捐贈物品義賣的慈善團體，趁明天星期日，我們趕快把東西送過去啊。大潘，你負責這件事，可以嗎？」

看我點點頭，媽媽轉身又離開了。

小潘說：「我覺得我們最好不要讓媽媽把東西捐出去。」

妹妹問：「為什麼？」

小潘說：「靜心阿姨要把皮包捐出，是為了要跟送禮物給她的男朋友一刀兩斷。那媽媽呢，意思不是很明顯嗎？更何況，媽媽明天下午有同學會，把這些東西都捐出去，明天媽媽穿什麼去？想想看，如果別的同學都穿很漂亮，媽媽很寒酸，她又是什麼心情？這麼一來，你們說他們會不會離婚？」

「那該怎麼辦啊？」妹妹緊張地問。

我想了一下說：「我覺得無論如何，我們都要阻止媽媽把東西捐出去。」

「對啊，我們可以拖延一下，假裝找不到可以捐的地方。至少讓媽媽明天可以穿新衣服、新鞋，拿新皮包去參加同學會。」小潘問我：「你覺得呢？」

「好像也只能這麼辦了。」我說。

★

半個多小時後，媽媽又探頭進來時，我們都裝出一副筋疲力盡的模樣。「是有幾個慈善團體願意接受捐贈，但是人家需要的是食物、泡麵、電池、手電筒……這類的物資，他們不需要皮包、高跟鞋。」

「怎麼樣？」媽媽問：「有什麼慈善團體接受捐贈義賣的消息嗎？」

妹妹說：「媽媽，明天妳不是同學會嗎？反正暫時沒有地方捐嘛，妳要不要先穿去參加同學會，樂捐的事，等以後再說。」

媽媽想了一下，不置可否地說：「看看電視有沒有捐贈的消息好了。」

我們隨著媽媽走出房間，來到客廳。媽媽拿起遙控器，打開電視。

我們就這樣一台一台地搜尋，從娛樂頻道、新聞頻道到綜合頻道、電影頻道、體育頻道，甚至宗教頻道都搜尋了兩次，就是沒有找到任何關於樂捐或義賣的訊息。

雖然我心裡有點高興，但我還是裝出不耐煩的表情說：「妳看，我就說沒有嘛。」

26

隔天一大早，我們全坐在餐廳安靜地吃著早餐。我強調安靜，是因為除了吃早餐發出的聲響，真的沒有別的聲音了。

就這樣，我們吃著這最長的一餐，直到過了不知多久，媽媽把一份報紙推到面前，對我說：

「你不是說找不到願意收件的慈善團體嗎？這裡就有一個叫至善的慈善團體，今天下午要為東部地震的災民舉辦義賣。報紙上面有網址，你去下載一張捐贈清單，好像還需要上傳照片、以及填寫捐贈明細什麼的。我剛剛打電話聯絡好了，對方下午三點就開始拍賣了，他們等我們到中午十二點鐘。」

我抬起頭看了一眼爸爸，可是爸爸什麼都沒有表示。

接過報紙，我有點失望地說：「噢。」

「小潘和妹妹，」媽媽又對他們說：「你們趕快把玩具收一收，我去找提袋來裝，等大潘把資料上傳好，我們就把東西送過去。」媽媽又看了看手錶，說：「動作快一點，我們時間不多了。」

一會兒，沉默又恢復了。

我其實很希望爸爸說點什麼能夠力挽狂瀾，或者至少可以緩和情勢的話。可是爸爸什麼都沒說。

手機電話響了。爸爸接起電話。

「什麼？」爸爸似乎聽到了什麼驚人的消息，他問：「他現在人在哪裡？……嗯，嗯……難怪都找不到他人……嗯。好啊。」

掛斷電話，爸爸想了一會兒。然後用著一種好像對著我們，又像是喃喃自語的語氣說：「我有個朋友出了車禍，我得去醫院看看他。」說完，把還沒吃完的三明治一口塞到嘴裡，站起來離開了餐廳。

沒有人多問問題，也沒有人有任何評論。我們就這樣繼續沉默地吃著早餐。

★

走在醫院的走廊上。Jeff問大鵬：「聽說你和玟玟在鬧離婚？」

「你怎麼知道的？」

「靜心告訴莉莉，莉莉告訴我的。」Jeff問：「很嚴重嗎？」

「我也不確定。」

Jeff沒說什麼，只是拍了拍大鵬的肩膀。

他們走進了護理站，看了一下護理站前的病人名單，確認了一下姓名、房號，兩個人繼續往病房走。

「奇怪了，幾天前不是還發簡訊給你嗎？」大鵬說：「怎麼忽然會這樣呢？」

「不知道啊。聽說是感情的問題，一個人喝得醉醺醺的，自己開車，撞到山壁，車子彈出來，差點掉到山谷去，幸好被懸崖邊的樹攔住……」

「難怪這幾天聯絡不上人……」

「對了，」Jeff神秘兮兮地說：「他的感情問題，如果他自己沒提，你可別哪壺不開提哪壺噢。」

「嗯。」

兩個人走到病房前，對了對門上的名牌，於是敲了敲門，走進病房裡。

病房窗戶關著，燈也沒打開。病床吊滿了大大小小的點滴瓶，床下是引流管以及引流瓶。大鵬看見病床上躺著一個全身到處包紮著繃帶，右手和右腳裹著石膏的病人。

不知道是因為臉部腫脹還是繃帶的關係，大鵬有點認不太出來病人。不過Jeff已經先叫人了。

「葉老師啊。」

「哎呀，Jeff、大鵬啊。」那是葉志民的聲音，有點彷彿隔世的遙遠，又有一種誇張的熟悉，他用著親切的聲音，抑揚頓挫地說：「我以為我再也見不到你們了。」

★

捐贈的明細都已經填好了，接下來是義賣物品的照片。

我把數位相機從抽屜找出來，再把公仔、皮包、高跟鞋擺到桌面，每個物品都從正面、側面各拍一張照片。

一切都進行得很順利。不過，當拍爸爸送媽媽的生日禮物時，無論我怎麼擺設，就是拍不出名牌的質感。

媽媽瞄了一眼相片，對我說：「這衣服這樣拍當然不行，要讓模特兒穿起來，才看得出質感來。」

我說：「媽媽，妳就把衣服穿起來吧。」

「我？你們不覺得我穿這件衣服，年紀嫌太老了嗎？」

我本來想說「不要拍臉就好」，不過話才到嘴邊，我立刻驚覺地懸崖勒馬。

「這本來就是妳的衣服啊，妳穿當然好看。好看才有人買啊。」我說。

「你們真的覺得好看嗎？」媽媽問。

妹妹也在一旁幫腔說：「當然啊，媽媽穿最好看了。」

看得出來，在我們的慫恿之下，媽媽其實已經歡喜樂意了，可是她還是裝出很勉強的樣子，半推半就地說：「好吧，既然你們這麼說了。」

誇張的是，明明說時間不多，但媽媽走進房間換衣服，卻讓我們足足等了半個鐘頭，才從房間裡面走出來。更驚人的是——媽媽不但臉上化了妝，頭髮也吹得蓬蓬的，彷彿就要出席盛宴似的。

「哇啊，」妹妹讚歎地說：「媽媽好漂亮。」

小潘也說：「哇，宛如天上仙女下凡。」

老實說，當小潘說天上仙女下凡時，我想到的是廟裡面媽祖那個胖胖、和藹的中年婦女的模樣。幸好媽媽的感覺和我想的不一樣。她看起來很開心，笑咪咪地問：「真的嗎？」

「當然，好看、好看。」

「我穿這衣服不會太老？」

「哪會？」眼看春暖花開，形勢大好，我連忙又說：「我看這牌子的老闆要付妳錢才對。這整件衣服被妳這麼一襯托，整個質感全都出來了。」

★

大鵬就這樣和Jeff坐在病床旁的小沙發上。他緊緊地揣在懷裡的是公事包，公事包裡面是為了買未上市股票領出來的三十多萬元鈔票。他們就這樣聽著葉志民情緒有點高亢，不停地說著話，已經快半個小時了。

「你知道嗎？分手前一天，她竟約我在珠寶店門口，要我幫她買的珠寶刷卡，就這樣刷的一聲，刷了四十多萬……」

剛剛進門前Jeff還交代不要先提葉志民的感情問題，結果是他們沒提，葉志民自己就像廣播電台似的大剌剌公開放送。

要不是這些繃帶、石膏和大大小小的瓶子，大鵬真懷疑葉志民是個病人。

「不是說我捨不得這個錢，重點是，如果你已經打算明天和我分手了，今天還要我刷卡幫你買四十幾萬的單，是什麼意思呢？把我當什麼呢？你們明白我的意思吧？」

兩人點頭連連。Jeff勸葉志民：「唉，葉董，以你的條件，要找什麼對象沒有，你又何必在意這麼一個無情無義的女孩？」

葉志民搖了搖頭。「不是，不是這樣，你不明白……」說著，他的眼眶紅潤了起來。

「怎麼了？」大鵬問。

葉志民用打點滴的手抓緊了大鵬的肩膀說：「同學，這次車禍，我真的很謝謝你，謝謝你，是你讓我又有了繼續生存下去的力量和勇氣。」

生存下去的力量和勇氣？這可讓大鵬受寵若驚了。

「你知道嗎？」不等大鵬開口說什麼，葉志民繼續又說：「車禍以後，所有找我的人打電話來，沒有人關心我怎麼不見了？沒有人在乎我的死活，大家只關心他們的錢，問我未上市股票的價格，公司財務有沒有問題？籌碼面怎麼樣？未來有沒有爆發力？……只有你留言感謝我送你的月球土地契約證書，只有你問我好不好。老同學對我真心真意，不是為了錢，我真的很感動……」

大鵬想起公事包裡面還有三十多萬元，不知道該說什麼才好。

「這次只差一點點就撞到懸崖下面，沒機會再和你們說話了。開完刀那幾天，我住在加護病房，每天都不甘心地在想，我是不是快死掉了？我賺了這麼多錢，竟然沒花完，就要死了？」

大鵬說：「你現在很好嘛，想那麼多幹什麼呢？」

葉志民問大鵬說：「如果你發生了車禍，你家人一定會傷心難過吧？」

「當然。」

「可是你看我，我在這個世界上，沒有兄弟姊妹，父母親也走了。你想想，這次車禍我如果真的撞死了，真心在乎、真心為我哭泣的人，會有幾個？」

「至少有我們啊。」

「是啊，」Jeff也說：「我們都在乎你，關心你啊。」

「我知道，」葉志民沉痛地點著頭，「你們都是真心關心我的朋友，不像其他人，是為了錢跟我在一起的……」

葉志民的說法讓大鵬有點坐立不安，他換了個姿勢抱他的公事包。

「你看，奮鬥了半輩子，我以為自己成功了，以為自己擁有了一切，可是到頭來，發現自己除了鈔票之外，竟然是個孤孤單單、無依無靠、漂泊的靈魂……從加護病房轉出來之後，我每天都在想這件事，每想一次我就哭一次。」

大鵬又抓了抓葉志民的手，「你還有我們啊。」

「謝謝，謝謝，」葉志民閉上眼睛，感激地點頭。過了一會兒，他睜開眼睛說：「對了，上次見面時，你說你和你老婆在吵架，現在問題解決了嗎？」

大鵬面有難色地看著Jeff。

「怎麼了？」葉志民問。

★

「別把我的臉拍進去噢！」媽媽說。

「嗯，我知道。」我說。

老實說，看著媽媽在鏡頭前搔首弄姿，感覺有點奇怪。好像這個人不是媽媽，而是一個愛漂亮的小女生。不但如此，每拍一張照片，媽媽就要看一次。包括她站在哪裡，我應該怎麼取景，她都有不少意見。於是我們只好像拍時尚雜誌封面那麼慎重地一次又一次重拍。

當然，一邊拍照片，看著媽媽擺弄姿勢，小潘、妹妹和我不時在一旁死命地叫好，這種氣氛，我其實還是喜歡的。

妹妹忽然說：「媽媽，其實妳揹著皮包拍會更好看噢。」

我本來以為媽媽會看看手錶說：「算了吧，時間來不及了。」可是她一點反對的意思也沒有，隨口就說：「對噢，剛剛怎麼沒有想到。」

於是，同樣的光線、位置、角度，我們讓媽媽揹上靜心阿姨的包包A重來一次，然後是包包B，又再拍了一次。

這樣還沒完。拍好之後，媽媽看了相機的圖檔，突發奇想說：「咦，其實我還可以把高跟鞋穿上的。」

你也算得出來的，高跟鞋也分成高跟鞋A，還有高跟鞋B。這麼一來，同樣一件衣服就有包包A高跟鞋A、包包A高跟鞋B、包包B高跟鞋A、包包B高跟鞋B四種組合。

於是咔嚓咔嚓咔嚓咔嚓，我又重新來了四遍。

等好不容易拍完衣服之後，小潘冷不防地丟過來一句：「我覺得包包還有鞋子的商品圖檔，如果有媽媽當背景，賣相更好。」

這個意見立刻得到媽媽的附和，於是我們又讓媽媽當背景模特兒，開始拍包包、高跟鞋的特寫。

包包、高跟鞋的一一特寫之後，小潘和妹妹也嚷著要抱著變形金剛和Hello Kitty公仔拍特寫。

於是他們全像粉絲一樣地拿著自己最心愛的公仔，對著鏡頭擠眉弄眼。等他們一一都拍完之後，我突發奇想，也衝進房間把我的巧克力拿了出來。

「等一下，」我說：「我也要拍我的巧克力。」

★

在大鵬把事情的來龍去脈敘述過一遍之後，葉志民問：

「所以，你中了獎把錢藏了起來，你老婆覺得你之所以藏這些錢，因為凱蒂的緣故，因此生氣了，要跟你離婚？」

大鵬點點頭。「我的理解大致上是這樣。」

「我問你，你跟凱蒂到底有沒有一腿？」

大鵬搖搖頭。

「你說那天你送她回去，然後什麼都沒有發生？」葉志民停了一下，又說：「大家都是男人，有你就直說吧。」

大鵬搖頭。「那天送凱蒂到她家門口，她問我要不要到樓上去坐坐，我說我累了，改天，就這樣。」

「然後呢？」

「然後就沒有了啊，直到後來我在忠孝直營店看到她。」

葉志民嘟起嘴巴，發出嘖嘖嘖的聲音。他搖著頭，用著有點不可思議的表情說：「你是說，你跟凱蒂沒有怎樣，結果被你老婆誤會有怎樣？」

大鵬點點頭。

「你跟你老婆解釋了嗎？」

「我跟玟玟解釋過了啊，可是她不相信。」

「既然你解釋她不相信，你為什麼不找凱蒂去跟你老婆解釋？」

「如果連我說的她都不相信，凱蒂的話，她怎麼可能相信？」

「以夷制夷啊，沒聽過嗎？」葉志民說：「女人跟女人之間，有些我們一輩子都搞不清楚的事，她們一碰面，搞不好連說話都不用，憑嗅覺就嗅得出事實真相了。」

大鵬沒有說話。

葉志民說：「我問你，你愛你的老婆和孩子嗎？」

「當然。」

「你覺得他們愛你嗎？」

「應該吧。」

「既然如此，你為他們做了什麼呢？」

「我拚命賺錢啊。」

「那就是了啊。你拚命賺錢，不就是為了讓你愛的人快樂嗎？現在你中了獎，有了錢，他們卻沒感受到快樂。這就不對了。」

大鵬愣了一下。

「我跟你說個故事。」葉志民指著床頭櫃的抽屜對Jeff說：「裡面有個皮夾，麻煩你幫我拿出來。」

Jeff打開抽屜，把裡面的皮夾拿出來，交給葉志民。

葉志民翻著皮夾，指著裡面的照片給大鵬看。「這是我爸爸和媽媽的結婚照，看到沒？上面我爸爸赤腳，我媽媽穿了一雙皮鞋。」

大鵬看了照片一眼。

「可是我母親一輩子都記得我外公在她和我父親結婚那個早上為她做的事。那就是，我外公載了一牛車的米去市場賣，換了錢給我母親買了一雙鞋。我母親每次想到這件事都還會掉眼淚，她常說：『那時候，別人結婚沒有鞋子穿，我父親疼我，賣了米，給我買皮鞋，我結婚的時候雖然很高興，很有面子，可是一想到父親那麼疼我就一直哭、一直哭……』你看看，我外公沒飯吃都要給自己女兒買鞋，讓她結婚時開心、有面子。現在你老婆才買了兩雙鞋……才多少錢？」

「兩千五百元。」

「兩千五百又不是多少錢，真能換來她開心，你高興都還來不及呢，怎麼會捨不得呢？唉，」葉志民嘆了一口氣說：「不是我說你啊，大鵬，整件事從一開始你中了獎，把錢藏起來不讓老婆知道，就不對了。」

「不對了？你真的這樣覺得？」

「當然啊。如果你一中獎就打電話給老婆，說：『老婆，我中獎了。晚上我們去吃大餐，我想請妳分享我的喜悅。』這樣一頓飯吃下來，不什麼事都沒了嗎？」

大鵬沒說什麼。

看大鵬不說話，葉志民語重心長地說：「大鵬啊，你看我，賺了這麼多錢，又怎麼樣呢？愛不是努力賺錢，也不是對未來滿口開支票，愛是那種無時無刻都想讓對方覺得快樂的熱情，想看到對方開心的渴望啊。你明白嗎？」

★

該拍的照片都拍完了。媽媽忽然說：

「既然大家都那麼開心，就拍張合照留作紀念吧。」

於是我拿來了腳架，設定了自動拍照。

媽媽穿著新衣服、新鞋子，拿著名牌包包，妹妹抱著比她還高的Hello Kitty，小潘抱著變形金剛，我則拿著我的高級巧克力，全對著鏡頭開心地咧嘴傻笑。

咔嚓。

「再來一張，」媽媽說：「這張，讓我們所有人都把最開心的樣子表現出來。」

咔嚓。咔嚓。

我把相機從腳架拿下來，在螢幕上找出剛拍好的照片一張一張瀏覽，大家全都過來圍觀，品頭論足。

妹妹說：「這麼漂亮的公仔，要送別人了，還真捨不得。」

小潘也安慰妹妹說：「只要曾經擁有嘛，何必在乎天長地久。」不過等螢幕上跳出了小潘拿著變形金剛的照片時，小潘大叫一聲說：「唉，還是天長地久比較好啊。」

媽媽也嘆了一口氣說：「還真是捨不得呢。」

我乘機說：「媽，這些衣服、鞋子、包包穿在妳身上這麼漂亮，就這麼捐掉了實在好可惜。不如這樣，等妳參加完同學會後，我們再找看看有沒有別的慈善團體，到時再捐出去也還來得及啊。」

媽媽似乎猶豫了一下，不過沒有很久，立刻又恢復了原先的堅定。

「既然都跟人家承諾了，怎麼可以後悔呢？就這樣吧。你趕快去把照片上傳，」媽媽把皮包放在桌上，邊脫高跟鞋，邊對我說：「我現在就去把衣服換下來，十二點鐘收件就截止了，人家還等在著我們把東西送過去呢。」

★

走在醫院長廊上，大鵬問Jeff：「你會不會覺得今天葉志民怪怪的？我覺得他的心理狀態好像不是很好欸……」

「我覺得他太孤單了。雖說身旁女人不斷，可是他現在需要的，是一個真心愛他，而不是愛他錢的女人。」Jeff說。

「問題是去哪裡找這樣的女人呢？」
「我也不知道，」Jeff說：「總之，有機會還是幫他多留意留意吧。」
「那當然。」
兩個人搭著電梯來到醫院底層。離開了醫院門口，Jeff點起了一根香煙，就站在醫院門外抽了起來。他問：「你和玟玟，不會真搞到要離婚吧？」
大鵬搖搖頭。「說真的，我也不知道。」
「說起來，你們之間根本沒什麼事嘛。」Jeff吐了一大口煙說：「真這樣莫名其妙離婚了，也太誇張了吧？」
「我也一直覺得沒什麼事，一切都是玟玟單方面的無理取鬧，」大鵬說：「不過剛剛聽葉志民這樣說，我忽然覺得我其實也有責任的。過去我總覺得我只要努力賺錢，沒做出對不起這個家的事，其實也就夠了。可是認真想想，我付出的努力，好像真的不太夠……」
「嗯。」Jeff說：「你是應該多花一點心思……」
大鵬問Jeff：「你覺得我需要請凱蒂去給玟玟解釋嗎？」
「當然不是不可以，只是我不知道會不會搞得更麻煩……」Jeff沉默地抽著煙，過了一會兒，他說：「我知道該怎麼辦了，這樣好了，凱蒂的事我來負責搞定。倒是你和玟玟之間，你要自己處理。」
「怎麼處理？」

「如果你覺得過去付出的努力不夠，那就去努力付出啊。你是個男人吧？」說完，Jeff揮手招來了一部計程車。臨上車前，他拍了拍大鵬的肩膀，「加油吧，我知道你做得到的。」

大鵬抓著Jeff的手，算是告別。他就這樣看著Jeff坐進計程車裡，慢慢走遠，消失在街道的盡頭。

Jeff離開後，大鵬在熙來攘往的街頭又站了一會兒。

一部救護車從眼前呼嘯而過，停到急診處門口。從救護車裡抬出來一個似乎病情嚴重的病人。伴隨著的兩、三個焦急的家屬臉上的表情，讓他有種急迫感，覺得應該做些什麼。

於是大鵬拿出手機，開始一個字一個字地輸入簡訊。他寫著：

玟玟，我沒要妳把高跟鞋、包包、衣服捐出去。我也不在乎中獎的錢歸誰處理。或許我不夠努力，一直沒讓妳感受到。但我希望和妳在一起，我希望妳快樂。大鵬

幾分鐘之後，當大鵬在坐回家的計程車上時，他收到了玟玟的簡訊。簡訊寫著：

大鵬，我沒要你把中獎的錢歸我處理。我也不在乎高跟鞋、包包、衣服是不是捐出去。我曾經相信我們會永遠在一起，但是現在我真的不知道，永遠在一起我們會不會快樂。玟玟

27

爸爸回到家裡時，我和妹妹正在房間給每個人拷貝剛剛拍好的照片。

「你媽呢？」爸爸問。

「她和小潘出門，把玩具、皮包、高跟鞋，還有衣服都送去慈善機構了。」

爸爸沒說什麼。他的表情看起來有點失落。

「爸爸，」妹妹說：「你要不要看我們剛剛拍的照片？」

「什麼照片？」

「哥，你把檔案叫出來給爸爸看。」

我把檔案點選出來，一張一張播放在螢幕上給爸爸看。這些照片，包括了小潘抱著玩具咧嘴笑、妹妹抱著比她人頭還要高的Hello Kitty的可愛模樣、媽媽搔首弄姿的神態，還有我拿著巧克力的一臉貪吃相，當然，最精采的還是大家的合照。照片中，每個人穿著、拿著自己最喜愛的衣服、東西、食物，開心的氣勢簡直要把屋頂掀開來了。

爸爸出神地看著這些照片。

「很好玩，對不對？」妹妹問。

爸爸點點頭。若有所思地說：「也拷貝一份給我吧。」

「這上面又沒有爸爸，」妹妹問：「你要這些照片做什麼？」

「爸爸想保存起來，提醒自己要常常想起你們開心的樣子。」爸爸沉默了一會兒，又問妹妹：「妹妹啊，爸爸問妳。」

「嗯。」

「妳覺得跟爸爸生活在一起，快樂嗎？」

「快樂。」

「為什麼？」

「因為爸爸會抱我，會說故事給我聽，還會買好吃的東西給我吃。」

「還有呢？」

「有時候會買玩具給我。」

「就這樣？」

「就這樣。」

「大潘呢？」爸爸又問：「你覺得跟爸爸生活在一起，快樂嗎？」

這種問題很奇怪欸，特別是出自爸爸口中，那種感覺，真。的。很。奇。怪。幸好正不知該如何回答時，室內電話響了。

我連忙跑出去接。

是管理員打來的。他說：「有潘先生的快遞噢。」

「噢。」掛斷電話，我對著房間大嚷：「我下去樓下拿快遞。」說完，我鬆了一口氣，連忙往門外移動。

★

搭著電梯抵達一樓時，管理員已經幫我簽收好快遞了。

「國際快捷，剛送到的，」管理員戴起眼鏡，看著信封，擺出一副非常專業的派頭唸著：「Mr. Da-Peng Pan，這翻譯起來應該是你爸爸吧？」

接過信封，我心想，Mr. Da-Peng Pan，潘大鵬。廢話，這還需要翻譯嗎？

那是一封長得有點奇怪的信封，信封上印著凹凸不平的星球表面，密密麻麻地寫滿了英文地址。地址之外，還寫著：Lunar Embassy。Lunar這個單字我背過：月球的、農曆的，至於Embassy是什麼，我就不太清楚了。

我把快捷信件拿回家交給爸爸。

「這什麼啊？」我好奇地問：「看起來很屌，還用快捷寄來。」

「啊，這個啊，」爸爸接過信件，抓了抓頭說：「差一點忘記了。」他拆開信件，從裡面拿出了三張寫滿英文的文件，三張背景都是一樣刷淡的月球表面。

「這跟月球有關係嗎？」我問。

「這就是月球土地契約證書啊，」爸爸指著其中一份文件，對我說：「你看，這裡寫著一英畝地。」爸爸又指著其他文件說：「這是地圖，還有，另一份是關於月球的權利法案。」爸爸說著，把文件傳給我和妹妹觀看。

老實說，看了半天，我實在看不出個所以然來。我問：「月球土地，是誰在賣的呢？」

「反正就是有人。」

「所以，」我問：「你跟『有人』買了一英畝的月球土地？」

爸爸點點頭。

「我們可以在上面蓋房子嗎？」妹妹問。

「原則上可以。如果我們去得了月球的話。」

「問題是，」我又問：「我們現在根本沒辦法去月球。」

「所以，目前暫時是沒辦法去。」

「既然如此，買月球土地有什麼用？」

這麼一問，爸爸煞有介事地左右張望了一下，然後用一種神秘、嚴肅的表情說：「它可以許應你三個物質界的願望。」

「物質界的願望？」

「精神面的願望不行，但只要是物質界的願望，它都可以許應。」

「真的、假的？如果我說：月亮啊，給我很多錢。這樣也可以？」

「當然，我的樂透彩就這樣中獎的。」

「那我現在可不可以立刻就許願？」我問。

爸爸搖頭。他指著月球土地契約證書說：「你沒看到那上面寫著土地所有權人的名字……」

我瞄了一眼，把土地所有權人的名字唸出來：

「Mrs. Wen-Wen Ho。」

「那是什麼意思？」妹妹問。

「Mrs. Wen-Wen Ho。」現在輪到我擺出專業的派頭了，我說：「意思就是何玟玟太太，也就是媽媽的意思。」

「啊，是你買給媽媽的禮物？」

爸爸點頭。

「什麼時候買的？」

「就彩券中獎那天啊，在網路上買的，」爸爸指著文件說：「上面都有日期啊……」爸爸說完，眼睛骨碌骨碌地轉動，想起了什麼似的，興奮地說：「你們記不記得有一次，我問你們媽，難道非得把月亮摘來才能討她歡心？」

我和妹妹都點點頭。

「然後她說……啊，」爸爸輕輕地叫了一聲，「我知道該怎麼辦了。」他從座位站起來，把三份文件收回進信封裡，「你媽有沒有說什麼時候回來？」

「她說馬上。她還趕著參加下午二點鐘的同學會。」

爸爸看了看手錶說：「那我得快一點。」

★

依照原訂計畫，爸爸應該在餐桌上，利用中午吃飯時間，說一些道歉或者感人肺腑之類的話，趁媽媽心情還不錯，把「摘來」的月亮送給媽媽的。不過情況有點出乎意料之外。

因為媽媽和小潘回到家時，已經下午一點多了。

「真的很誇張欸，」小潘說：「連做好事都要排隊。」

媽媽行色匆匆地拿出五百元鈔票給我。「大潘，媽媽兩點鐘同學會快來不及了，麻煩你幫忙去樓下便利商店給弟弟、妹妹還有爸爸買便當。」說完，急急忙忙進房間去了。

我連忙衝進房間裡面，對爸爸喊著：「快點啦，媽媽不吃午飯，要走人了。」

爸爸抬頭看來我一眼，對我說：「好了，好了，最後一段了。」說完，又埋頭繼續寫著信。

我站在門口張望，邊看，邊回頭對爸爸說：「快點，快點。媽媽只是補個妝而已，馬上就出來了……」

情勢有點緊張。幸好媽媽從房間走出來時，爸爸寫完了信。他把信紙裝進那個Lunar Embassy的信封裡，站了起來。

眼看媽媽就要離開了，我連忙走出房門外，叫住了媽媽：「媽。」

「咦，」媽媽停了下來，轉身過來，「你還沒下去買便當啊？」

「玟玟。」就在這個關鍵時刻，爸爸總算在我身後出現了。

一見到爸爸，媽媽的臉色立刻沉了下去。

這時站在中間的我顯然是有點礙眼的。於是我很識趣地退到一旁，和圍觀的小潘、妹妹乖乖並列。

「我開車送妳去同學會。」

「不用了，我自己可以去。」

沉默持續了一會兒。

爸爸又說：「讓妳把衣服、皮包、鞋子都捐出去，我覺得很抱歉……」

「是我自己要捐的。」

「我準備了一個小禮物，希望妳收下。」

媽媽搖搖頭，低著頭，轉身要離開。

爸爸跑到媽媽前面去，擋住她的去向。「玟玟，不是什麼貴重的東西，只是我的小小心意……」

媽媽抬頭看了爸爸一眼。「你先告訴我，那是什麼東西？」

爸爸把文件拿出來，對媽媽說：「是月球的土地契約證書。」

「月球的土地契約證書？」媽媽一臉狐疑的表情。

「我在想，如果我把月亮摘來送給妳，妳說過，或許妳會開心……」

「摘月亮給我？」

爸爸點點頭。

媽媽深吸了一口氣。「我沒有要你摘月亮給我，我也不需要你摘月亮給我……」

媽媽說完，往斜前方踩了一步。爸爸也側跨了一步，擋在媽媽前方，兩個人的臉只差不到幾十公分了。

爸爸說：「昨天妳說當我領薪水、升遷、或中獎時，想到做些什麼讓妳開心，只要我把證據拿出來，妳不但不離婚，妳還要跟我說謝謝。」

媽媽看著爸爸，淡淡地說：「你有嗎？」

「那天中獎之後，我做的第一件事，就是上網幫妳買這個，」爸爸指著文件說：「這是剛剛國際快捷送來的。上面有生效的日期，還有妳的名字。」

妹妹忍不住幫腔說：「月球土地契約證書還可以幫妳實現三個願望噢。」我連忙摀住她的嘴巴，免得有人多嘴壞事。

媽媽的表情似乎有點訝異，她接過了月球土地契約證書，無言地看了一會兒。

爸爸說：「這幾天，我想了很多事。有些話不知道該怎麼跟妳開口，所以我寫了一封信給妳，這是我的心意，我希望妳收下。」

媽媽望著爸爸，沒說什麼，默默地接過了爸爸的信封。

★

我把拷貝好照片的隨身碟拿到爸爸房間。我說：「拷貝完隨身碟還我。」

爸爸接過隨身碟，隨即把它插到筆記型電腦上去，傳送檔案。

傳送完檔案之後，爸爸似乎忘了我還在等隨身碟，自顧自把照片叫出來，忘我地一張一張瀏覽著。

過了一會兒，他忽然醒悟過來。「怎麼沒想到？」他問我：「你說慈善團體的義賣是什麼時候？」

「今天下午三點鐘。」

「你趕快去把小潘、妹妹都叫來。」爸爸看了看手錶。

沒多久，妹妹、小潘和我就在爸媽房間裡站成一排了。

「爸爸有個點子，下午想請你們幫個忙，你們願意嗎？」

「什麼點子？」聽到點子，我們的眼睛全亮起來了。

玟玟抵達飯店同學會的會場時雖然還不到兩點，但同學大部分都提早到了——這倒是和過去在學校時很不一樣。

一進門，靳莉就過來招呼了。

「哎呀，何玟玟，大美女來了，歡迎歡迎。」靳莉開心地握著玟玟的手，「還是一樣青春美麗，一點都沒變。」靳莉留著及肩長髮，一對銀鍊鑲嵌土耳其藍耳環，用力握手時，耳環搖晃叮叮咚咚的聲音彷彿可以聽見。

玟玟也握著靳莉的手，「哪裡，哪裡，靳莉大美女，妳才一點都沒變呢。」趁著握手的短暫時刻，玟玟快速掃描了一下靳莉全身上下：Chanel黑色細白邊套裝、黑底白包包頭高跟鞋、經典菱格紋包，過去那個穿著仿冒襯衫、路邊攤牛仔褲，勤奮用功的乖乖女，早消失得無影無蹤了。

「先生、小孩都好？」靳莉問。

「很好，很好。」玟玟說：「妳呢？」

「唉，我老公事業明明做得好好的，想不開出來選什麼立委。我雖然不喜歡他搞這個，可是他那麼熱中，不支持他也不行。」靳莉從服務生餐盤給玟玟和自己各拿了一杯香檳酒，舉杯對玟玟說：「拜託多多支持噢。」

「應該的，應該的。」兩個人各喝了一口香檳，玟玟又說：「這次來了好多同學啊。」

靳莉得意地說：「這次同學會，我可是卯起來聯絡呢。」

「辛苦了。」玟玟笑著問：「馮老師來了嗎？」

「老師在裡面。」靳莉說：「她的狀況好像不是很好。」說完，有人拍了靳莉一下，靳莉轉過頭，和那個人擁抱，兩個人說說笑笑。

玟玟對他們點了點頭，一個人拿著酒杯，走進了會場。

會場沒有特別佈置，只在前方設置了一個麥克風和一個小小的講桌。不斷還有同學陸陸續續進場。會場裡面早已經都是拿著香檳酒，或站或坐的同學了。

玟玟邊走，邊跟同學打招呼。

畢業十五年之後的同學聚在一起是很奧妙的一件事。有些人一眼就認得出來，有些人卻變得完全不一樣。玟玟那一班陰盛陽衰，畢業了十五年，女同學基本上還維持得不錯，男同學卻大多數變胖、變禿了。但哪怕改變再大，只要一開口說話，大學時代的表情、神態立刻浮現。

和同學們說了一會兒話，玟玟發現莉莉一身Hermes套裝、ＬＶ包包，正坐在最裡面一桌，就在馮老師旁邊，跟她招著手。玟玟於是走了過去。

「玟玟啊，」莉莉說：「剛剛馮老師還在唸著妳呢。」說完，轉頭去向馮老師說：「老師，妳看，何玟玟這不來了嗎？」

「馮老師。」玟玟跟馮老師打了個招呼。

馮老師吊著點滴坐在輪椅上，看起來又老又虛弱，或許是支撐不住的原因，她歪斜著頭，微微閉著眼睛。一看到玟玟，她激動睜開眼睛，顫抖地伸出沒打點滴的那隻手，拉著玟玟的手說：「何玟玟。這麼久不見，過得好不好啊？」

玟玟沒回答，在馮老師另一側安靜地坐下。她放下酒杯，伸出手去撫著老師的手。「老師好不好？」

「老師這次不行了，」馮老師說：「可是老師想來看你們。」

「謝謝老師。」玟玟發現自己眼眶濕了。

馮老師身旁的看護說：「她今天特別高興，為了要參加你們同學會，忍著痛不打嗎啡，怕打了止痛藥昏睡。」

玟玟點點頭。

馮老師似乎看出了什麼，她問：「玟玟啊，妳這個樣子，是不是有什麼不順心的事？」

「是先生、孩子的事嗎？」

玟玟點點頭。

「怎麼了？」

「我不知道和他們在一起，我是不是快樂？」

「自己快不快樂怎麼會不知道呢？」馮老師慈祥地看著玟玟，對她說：「十五年前妳答應老師的事，還記得嗎？」

玟玟忽然一陣感傷，她抓住馮老師的手，激動地說：「老師，我記得。」

老師也拍了拍玟玟的手說：「記得就好，記得就好。人生啊，要柔軟一點，不要給自己太大的壓力。」

陸陸續續又有人過來跟馮老師噓寒問暖。馮老師雖然很虛弱，可是十五年了，她還能叫出所有同學的名字。從頭到尾，她就這樣支撐著身體，微笑地看著每位來打招呼的同學。

莉莉看玟玟悶悶不樂的樣子，把玟玟拖到會場角落。

「妳猜今天早上誰打電話給我？」莉莉問。

「誰？」

「凱蒂。」

「哪個凱蒂？」

「就是在妳老公手機裡面留言的凱蒂。」

「她約妳出去幹什麼？」

「她想告訴我，她跟妳老公大鵬沒有怎麼樣。」

「笑話，她跟我老公的事跟妳有什麼關係？她幹嘛不直接來找我？」

「如果她這樣冒冒失失直接跑去找妳，不被妳趕出來才怪呢。」莉莉說：「再說，她就算跟妳說了，妳會信嗎？」

玟玟沒說話。

「我跟妳說，這事我看啊，應該是妳錯怪你們大鵬了。」

「我哪裡錯怪大鵬了？」

「那天是他們投資未上市股票賺錢慶功宴，我老公拉你們家大鵬去認識他的投資老師。凱蒂是投資老師找來的公關妹。後來公關妹買小公寓，需要廚具，在門市部碰到妳老公，妳老公給她優惠，她請妳老公吃飯謝謝妳老公，事情就這麼單純。」

「所以那天妳看到和我老公在餐廳吃飯的女人，就是這個凱蒂？」

莉莉點點頭。「玟玟啊，我覺得這事妳老公不但不應被責怪，他反而該被表揚才對。」

「表揚？」

「妳知道那天晚上他們喝完酒以後，發生了什麼事？」

「什麼事？」

她把嘴巴附到玟玟耳旁，唧唧喳喳地說了半天。

「真的？」

「當然是真的。」

「那個凱蒂是什麼女人？妳怎麼能相信她說的都是真的？」

「這是女人對女人的直覺，不會錯的。」

玟玟沒再說什麼。過了一會她問：「妳看到靜心沒有？」

「妳沒看到今天報紙的娛樂版的頭條嗎？」

「什麼頭條？」

「孫小開昨天帶了一個模特兒吃飯，被狗仔偷拍，登得好大。上面還有他的戀愛史，算起來靜心還排不上他的ex呢。」
「那她算什麼？」
「Ex的三次方。」
「前面還有兩個？」
莉莉點點頭。
「靜心知道報紙的事了嗎？」玟玟又問。
「我不知道她看過報紙沒。」
「她會不會不來了啊？」玟玟問：「我們要不要打個電話給她？」
莉莉想了想說：「我看，我們還是別打的好。」
玟玟想了想，也點頭說：「我想也是。別打的好。」正說著，莉莉忽然用手肘撞了撞玟玟。
「怎麼了？」
「何熙仁來了。」莉莉對玟玟抬了抬下巴，指著入口的地方。
玟玟抬起頭，果然看見何熙仁走了進來。何熙仁穿著打扮比班上其他男同學看起來年輕。時間不但沒對他的身材發生什麼作用，反而還為他稍嫌童稚的臉龐增添了一點點成熟的韻味。
玟玟望著何熙仁，有幾秒的時間，何熙仁也抬頭望向玟玟這邊。玟玟相信何熙仁一定注意到她的目光了。她甚至打算，如果何熙仁對她微笑或致意，那麼她也會給予善意的回應。可是何熙仁沒有任何表情，也沒有任何反應，他只是低下頭，安靜地走了過去。

★

這時大家已經都在餐桌前面慢慢坐定，各自喝著飲料、用著桌上的點心。

靳莉走上台，拿起麥克風。她說：

「我是靳莉，跟大家報告，我們班畢業時人數三十五人，扣除掉聯絡不上的兩個人、出國的四位，另外還有兩位答應了要來目前還沒到外，截至目前為止，出席的人數一共有二十七個人……」

正說著，靜心一身性感嫵媚的裝扮，搖曳生姿地走進了會場。

「啊，張靜心來了。」靳莉說。

會場響起一陣掌聲，幾個過去愛促狹的男生甚至還吹起了口哨。靜心也不客氣，抬頭挺胸，明星架式十足地對大家招手。

「加上張靜心，」靳莉說：「今天出席的人數到達二十八位，出席率達到百分之八十。呵，從前上課時，出席率都沒有這麼高。」

又是一陣掌聲。

「大家知道，今天同學會的重頭戲是我們將要打開十五年前畢業時，為自己寫下的時空膠囊。我們要謝謝馮老師，為我們保管了這麼多年的時空膠囊。今天馮老師雖然身體不舒服，但她特別抱病來到了現場，因此，首先，讓我們用最熱烈的掌聲，謝謝馮老師。」

會場響起更熱烈的掌聲。馮老師坐在輪椅上，很虛弱地抬起手，對大家揮動。靳莉問：「馮老師要不要上來跟大家說說話？」

馮老師跟隔壁的同學小聲不知說著什麼，同學大聲傳話：「老師說，今天同學是主角，同學先來。」

「好，那等同學都說完了，最後我們再請老師上台。」靳莉繼續又說：「大家應該都還記得，當時我們寫時空膠囊時，都覺得十五年實在很久，可是今天回想起來，也不過像是昨天的事……」

一共席開三桌，坐得滿滿的。靜心讓服務人員添了一個座位，坐到玟玟和莉莉中間來。

莉莉小聲地對靜心說：「我還以為妳不來了呢。」

靜心說：「唉，報紙妳們都看到了？」

玟玟和莉莉都點點頭。

「我本來也不想來了。可是我又想，從大學時代開始，我哪一天不是在談戀愛、哪一天不是在失戀？我的同學又不是第一天認識我。妳們想，如果我一心一意把孫小開當成主角，那麼我就是他人生的配角。但反過來，如果我把自己當成主角，孫小開不就是我人生一個微不足道的配角嗎？報紙登的，是我的人生配角的故事嘛。一想到這個，我又開始穿著打扮，然後就來了啊。」

「不錯，」莉莉笑著說：「靜心走到哪裡都是最佳女主角。」

靜心轉過頭來問玟玟：「妳的配角來了沒？」

「什麼配角？」玟玟問。

「何熙仁啊，」靜心說：「那個配角。」

莉莉對靜心使了個眼神，把眼睛瞟向最外面一桌。

靜心轉頭看了一眼。回過頭說：「配角維持得還滿好的嘛。可惜了，明明是男主角的料。」

看玟玟不說話，莉莉拍了靜心一下，要她安靜。

講台前，靳莉的開場白說得差不多了。

「接下來，是我們今天的重頭戲。」靳莉從工作人員手上接過一疊信封，「現在在我手上的卡片，是十五年前畢業前夕大家寫給自己的信。這些寄信人是自己，收信人也是自己。按照當年的學號，我已經把這些信都整理好了。等一下，我們請同學上來拆開、朗讀這些信，並且跟大家分享這些年來的生活，以及心得……」

說明完規則之後，最先上台的是學號1號的黃雯麗。

黃雯麗抱著手風琴上台。她從靳莉手上接過時空膠囊，對大家一鞠躬，笑著說：「我今天其實是有備而來，」她打開信封，拿出卡片，唸著：「我寫的是：我希望十五年後，擁有自己的手風琴，學會手風琴，在全班同學面前表演我最拿手的歌曲。嗯，」她放下卡片，「現在我就要為大家演奏。」

同學響起了一陣掌聲。

黃雯麗於是為大家演奏了一曲：〈費加洛的詠歎調〉。

演奏完畢，又是一陣掌聲，她說：「其實，我一畢業找到工作，第一筆薪水就拿去買了一台手風琴。不瞞大家說，這已經是我的第三台手風琴了。畢業之後，我不但學會了手風琴，我還變成了一個手風琴老師，我幫過三部電影、五部電視劇做過配樂。我的先生也是一個音樂老師，目前我們合開了一家音樂教室。雖然我和大家一樣都是學金融，但是我的理想和大家不太一樣。我很高興今天能完成這個十五年前的心願。我曾經很徬徨，但我很高興我相信自己的夢想。它帶著我過了一個和大家不太一樣的人生。我喜歡我的夢想，也喜歡我的人生。謝謝大家。」

大家紛紛為她鼓掌。

學號2號是莉莉。莉莉站上台，接過信封，取出卡片，她唸：

「我希望十五年後，我不再是一個superwoman。」同學之間爆出了一陣笑聲。莉莉停了一下，「還有，」她繼續唸：「我希望找到一個臂膀強壯的男人，讓我小鳥依人。我想做個英英美代子（按：閩南語，閒閒沒事幹）的家庭主婦。」

一陣掌聲、口哨聲。

莉莉說：「我不知道我現在算不算是superwoman，但我確信，我老公臂膀沒有我想像的那麼強壯。但是他有個好處，那就是，他不怕我比他厲害，他給我自由，讓我有揮灑的空間。我的老公是個好老公，我要謝謝他。但也因為我有一個好老公，我的人生願望沒有實現，我現在做直銷，是最高級的鑽石級營業員，我很忙也很有錢，到了沒時間花掉我賺的錢的地步。現在想想，離自己當初的願望那麼遙遠，我也不知道該高興，還是難過才好。雖然沒有實現，不過我還是不願意放棄。我會記得我的願望，繼續努力的。希望下次再開同學會時，這個心願已經實現了。謝謝大家。」

大家都給莉莉掌聲。

在莉莉之後，有個男同學的願望是要在三十五歲之前當到銀行經理。他在三十四歲就達到了願望，卻發現原來銀行經理並沒有他當初想像的權力那麼大。有同學想要環遊世界，目前只完成了二十多個國家，還要繼續努力。另外還有位同學立志成為規模百億以上基金的操盤手，不過就在基金籌募到位時，那位同學因為心肌梗塞住了兩個多月的加護病房。他意味深長地說：「儘管錯過了人生最大的夢想，可是從加護病房出來之後，我的人生觀全變了。我發現，只要能好好活著，就非常幸福了。」

一會兒，輪到靳莉上台。她的時空膠囊寫著：

「Think your best, try your best, be your best.」

唸完自己的時空膠囊，靳莉說：「當初我以為能追上我的一定是個學歷高、身材高、薪水高的男人。可是大家知道，我的老公才只是專科畢業，身高只有一百七十公分，我嫁給他那時候，他還是工地主任，薪水更是一點也不高。可是，人生就是這麼諷刺。他當時絕對不是世俗評價中的best，可是我愛上他了，覺得他是我心目中的best。現在看到這個，恍然大悟。我很高興我做到了。因為真的要think your best, try your best，而不是別人心目中的best，你的人生才能be your best。這是我的人生心得。謝謝大家。」

同學們給靳莉熱烈的掌聲。同時有人喊出了：「凍蒜（當選）！凍蒜（當選）！」一時之間，凍蒜的聲音此起彼落。

「謝謝。」靳莉說：「謝謝。」

緊接著靳莉，是靜心的時空膠囊。靜心站到台前，又是一陣騷動。她打開信封，拿出卡片，深吸了一口氣，然後一字一句地唸著：

「十五年後，我要繼續年輕貌美，讓那些當初不肯追我，跑去追別人的男生，一個一個都後悔莫及。」

靜心的時空願望贏得了最熱烈的笑聲、掌聲。

「如果今天有看報紙的同學應該都知道，本姑娘又失戀了。發生了這麼丟臉的事，本來是不想來的。不過我談戀愛、失戀，對同學來說，應該也不是什麼新鮮事了。如果可以的話，我當然也希望像靳莉、或者莉莉那樣擁有值得歌頌的好老公。只是，我心目中的好老公必須是豪華的大客輪，奈何我碰到的都只是救生艇。不過想想實在不需氣餒，既然海洋這麼寬闊、陽光這麼亮麗，本姑娘當然就沒有不繼續尋找大客輪的道理。雖然說十五年後我的願望終於實現了，但本姑娘已經厭倦老是搭救生艇了。」靜心轉了一圈，「怎麼樣，本姑娘還青春美麗吧？搭大客輪的事，就拜託大家了。」

同學都為靜心鼓掌。還有一個同學叫囂著靜心不要老，等他兒子長大，大客輪就來了。說完，又是一片叫好和掌聲。

靜心的時空膠囊把氣氛帶到了歡樂頂點。接下來，有同學的願望是挑戰高空彈跳，有同學的願望是希望能成為國手參加亞運足球賽，但最後卻成了亞運的足球裁判，也有同學的願望是不再為錢工作，還有同學的願望是在郊區買一棟別墅……每一個願望，都掀起一陣掌聲、歡呼，每一個回顧，都引發許多的共鳴與回味。

輪到22號是何熙仁。

何熙仁拆開時空膠囊時，看了一眼卡片。他說：「我的願望很普通。」他暫停了一下，然後開始唸：「我希望十五年後，和自己最心愛的人，一起組成家庭、一起努力、一起奮鬥、一起歡笑、一起哭泣，一起經歷生、老、病、死。」他抬起頭說：「就這樣。」

又是一陣掌聲。有人叫著：「哇，浪漫，浪漫，果然是大才子，」

何熙仁謙虛地說：「我就說過，我的願望很普通的。」

「那你的願望實現了沒有？」

「我很愛我的家庭。但願望是一直要到生、老、病、死的，因此我還要繼續努力，才能完全實現，太快實現了也不好。」有人笑了起來。何熙仁說：「謝謝大家，我會繼續努力的。」

緊接在何熙仁後面是學號23號的玟玟上台。

玟玟慢慢走到台前，接過時空膠囊，從信封中拿出卡片。

玟玟看起來有點緊張。她深吸了一口氣。

當她第一眼看到自己十五年前寫的願望，有點愣住了。雖然玟玟早就想起了當時寫的內容，但無論如何，親眼看到自己十五年前的筆跡時，還是有種激動的感覺。

那個願望讓她想起太多的往事了。

玟玟就這樣一個人無聲地在台前站了好幾秒鐘才說：

「對不起，」她說：「我沒辦法唸我的時空膠囊，因為我不知道我的願望到底實現了沒有。」

不知怎地，講完這些話，玟玟的心情一激動，眼淚奪眶而出。

大家都給玟玟鼓勵性的掌聲。

玟玟慢慢用手拭去臉龐的淚水，笑著說：「對不起，今天看到那麼多老同學，想起自己十五年前的願望，太激動了。請大家允許我保留這個人生願望，今後我一定會更努力，讓這個願望實現的。」

同學又響起了一陣支持的掌聲。掌聲就這樣持續了快一分鐘。

「不要緊啦。」有人喊著。

「加油！」

★

同學們的時空膠囊還在進行著。

玟玟從洗手間走出來時，正好迎面遇見了何熙仁。何熙仁對玟玟微笑點頭，玟玟也對何熙仁微笑點頭。

兩個人沉默地站了一會兒，何熙仁才說：「好久不見。」

「是啊，」玟玟也說：「好久不見。」

「妳好嗎？」何熙仁問。

「嗯。」

「先生、孩子都好嗎？」

「好。謝謝。」玟玟說：「你呢？」

「他們都好。」何熙仁說：「謝謝。」

沉默。

過了一會兒，玟玟又說：「我一直想跟你說，關於那通電話的事我很抱歉。那時候，我不該對你那樣說話的……」

何熙仁笑了笑。「沒關係。」

是啊，就算有關係也沒關係了。玟玟想。

玟玟問：「你太太，是那個學妹嗎？」

何熙仁搖搖頭。「那個學妹是當時辯論隊的夥伴，我後來一直沒有機會跟妳解釋，我們其實不是……」說到這裡，何熙仁停頓了下來。

那個停頓背後的意思，可以是「不想責怪玟玟誤解了」，也可以是「就算責怪又如何」，更可以是「沒有任何意思，一切就只是這樣了」。

於是玟玟淡淡地說：「噢。」

多麼輕又是那麼重的領悟。聽起來不像惋惜，更像是喟嘆。當時玟玟還沒有遇見大鵬。那通被玟玟摔掉的電話，如果少一點意氣用事，多一點耐性，哪怕只是多聽一、兩句話，少講一、兩句話，人生的選擇、命運可能會完全不同。

那個在遇見大鵬之前，她曾經充滿期待的人生，畢竟就這樣錯過了。但話又說回來，如果沒有錯過那個期待的話——一個不存在大潘、小潘、妹妹，不存在大鵬的人生又如何？一切會更好嗎？玟玟不知道。

一個同學經過，對他們笑了笑，走進了廁所。

玟知道他們差不多該告別了。

沉默持續著。似乎只有沉默才能真實地傳遞這許多年來無法言說的情意。

最後，是何熙仁說：「那麼，我們都繼續加油吧。」

「嗯。」玟玟也對何熙仁笑了笑。千言萬語，她心想，也只能這樣了。「再見。」她說著，那句在十五年前沒有說過，十五年之後，總算能心平氣和說出來的話。

★

玟玟坐回座位時，最後一個同學的時空膠囊已經拆完了。

「謝謝大家，」靳莉說：「最後，是不是請我們最敬愛的馮老師，給同學說幾句話？」

大家鼓起了最熱烈的掌聲。

馮老師本來搖搖手，推辭不要，可是掌聲持續不斷。最後靳莉只好步下講台，走到馮老師面前，和看護一起把馮老師推到前方。

靳莉拿下了麥克風，交給坐在輪椅上的老師。在馮老師接過麥克風之後，掌聲停了下來。

「謝謝。」馮老師雖然虛弱，但仍然強打精神，振作地說：「這幾年，老師像個郵差一樣，努力地把同學們過去寫給未來的信，一一送到你們手上。你們是我教的最後一屆學生了。把時空膠囊交給你們之後，我有一種感覺，好像我真的可以從老師這個責任光榮地退休，也可以從我的生命放心地退休了。」

全場安靜無聲。

「看著十五年前寫給自己的信，看著自己過去的夢想、願望，一定有許多感觸。你們之中，有些人的願望實現了，有些人的夢想落空了，但不管夢想實現、或落空，老師請同學們繼續懷抱夢想，不要放棄。因為夢想是帶著我們穿越人生時空，看見不同風景，最強而有力的翅膀。

少了夢想的人生，哪怕再順利、再美好，也是沒有滋味的。」馮老師停了一下，又說：「至於那些夢想落空了的同學也不要覺得氣餒，其實你們只要看看彼此的人生，很容易可以發現，夢想實現的滋味，未必有當初想像的美好。夢想落空的人生，也未必沒有柳暗花明又一村的驚喜。每一個同學今天會變成什麼，其實都是你們自己選擇的結果。因此，重要的不是願望有沒有實現，而是同學們是否喜愛、珍惜自己的人生。」

不知道為什麼，玟玟又開始流淚了。

「我們都是來一起學習的。人擁有不了別人，也佔有不了別人，但我們卻必須透過別人，才能看見自身的價值和意義。就像一個母親，是因為孩子的快樂，做為母親的意義才出現的。同樣的，一個老師，也是因為看到了學生在她的努力下成長、茁壯，她才感受到自己的價值。意義、價值，還有愛，都像一面鏡子，少了別人，我們自己是無法感受的。老師要謝謝你們，因為你們讓老師覺得自己的人生很充實。雖然老師的時日有限，但這個工作讓我感到驕傲，感到人生沒有白來。謝謝大家。謝謝你們。」

同學們紛紛站了起來，給老師熱烈地拍手。

靳莉先說：「謝謝老師。」許多同學也跟著喊：「謝謝老師。」一時之間，謝謝老師的聲音此起彼落。

「謝謝同學。」馮老師說。

玟玟邊拍手，邊喊「謝謝老師」，眼淚一直流個不停。莉莉看了玟玟一眼，從皮包裡拿出一張衛生紙給玟玟。才交出了衛生紙，莉莉發現自己眼淚也流了下來。

所有的人都站了起來。

掌聲持續著。

★

玟玟坐在莉莉汽車裡，在開往回家的路上，莉莉問她：

「妳今天怎麼那麼愛哭啊？我看妳在台上也哭，在台下也哭。」

「我也不知道為什麼，」玟玟說：「就是想哭啊。」

「對了，妳的時空膠囊到底寫什麼啊？那麼神秘。不能透露一下啊？」

玟玟搖搖頭，神秘地笑著。

莉莉嘆了一口氣說：「那十五年前妳答應了馮老師什麼事，總可以透露了吧？」

「那個啊……」玟玟想了一下說：「那時候馮老師對我說：玟玟啊，妳覺得很累時，不要急，深吸一口氣，先忘掉自己吧。試著把自己當成別人，用別人的角度重新想過一次，然後再深吸一口氣，重新出發。」

莉莉說：「我覺得馮老師滿瞭解妳的嘛。」

「所以剛剛看到她，我才會一直哭、一直哭啊。」

車內安靜了一會兒，玟玟忽然說：「對了，妳可不可以把車內的燈打開？」

「當然。」莉莉打開了車廂內的燈光。

玟玟從皮包拿出大鵬交給她的信封和卡片。

「那是什麼？」

「下午臨出門錢，大鵬送的禮物，還有一封信。」

「噢？他送什麼禮物？」

「月球的土地契約證書。」

「真的、假的？」

玟玟拿出了證書，在莉莉面前晃了晃。「在美國的網站買的，還用國際快捷寄來。他說要摘月亮給我。」

「摘月亮給妳？哦，妳老公這次開竅了。」莉莉笑了起來，「他信上面寫什麼？」

「我還沒看。」

玟玟打開信封，拿出那封信。汽車疾駛著，玟玟就這樣安靜無聲地掉進自己的世界，讀了起來。

玟玟：

妳記不記得，前幾天在客廳我說要帶妳去南太平洋的島嶼度假，妳說妳怕曬黑。我說，我們去月球度假好了？

如果可以的話，我真的想帶妳去月球的。在月球表面，我們可以輕輕地飄浮，悠閒地漫步、看著遙遠的地球、看著浩瀚無際的銀河在我們眼前。我們可以談論愛情、談論永恆，或者只是說說笑笑。沒有薪水、沒有貸款、沒有業績壓力、沒有小孩的考試、成績、沒有地球上的繁重的一切……我在想，我想像中的愛情應該是像那樣的。可是我從沒想過，當我們彼此承諾，要永遠在一起，組成一個家庭、生下許多孩子時，愛便開始有了不同的重量。

我想跟妳說抱歉。我說過許多話，做過許多事，多到我們不再認識彼此、不再記得當初我們決定要在一起的樣子，或許只是因為，我一直都在逃避那樣的重量。

我以為如果賺了很多錢，就可以逃避那個重量。我以為如果小孩在學校品學兼優、考試成績永遠第一名，我就可以逃避那個重量。我以為如果你們都為我省錢，我就可以逃避這個重量……

我真的很抱歉。

我從來沒想過，如果我們生活在地球，就必須承受地球的重量，這樣我們才能扎實地站在一起。必須承受那樣的重量，我們才能緊緊擁抱。必須承受那樣的重量，我們的愛，才能擁有真正的深刻，不再飄浮。

請接受我的道歉，請再給我一次機會。

這次，我一定會心甘情願地承擔起一切。

雖然活在地球上，但月球是我的保證。哪怕再多的承擔、再大的重量，我都會記住當初我

們在一起的時候，我心目中愛情的樣子。

我要竭盡一切，讓妳快樂。我要帶妳去月球。

大鵬

讀到這裡，玟玟發現眼前已經是一片模糊了。

莉莉轉過頭看了玟玟一眼。

「欸，欸，妳這個人，」莉莉說：「怎麼才說著，又哭起來了。」

29

妹妹從房間窗口看見媽媽從莉莉阿姨的汽車走出來，大叫一聲：「媽媽回來了！」時，我們已經辛苦忙碌了一下午。

眼看這一刻，就要上場了。

現在，小潘、妹妹和我，已經全副武裝，在客廳玄關入口站好了。

所謂「全副武裝」指的是我們從服裝道具公司租來的行頭。

小潘和我身上穿的是電影「神鬼戰士」裡面那種羅馬人穿的罩袍。我們扮演的不是羅馬人，而是神仙。至於神仙為什麼穿羅馬人的衣服，我也不清楚，可能是因為電影裡面宙斯都那樣穿的緣故吧。

至於妹妹，她扮演的是小天使。因此她身上現在穿著公主服，頭上戴著一個貼金箔的光環，更燦爛的是，她還戴著一對超級誇張的天使翅膀。

至於躲在房間裡的爸爸身上是什麼行頭，我暫且賣個關子。

現在電梯開門聲已經可以聽到了。我們三個人全屏息以待。

鑰匙開門聲。媽媽脫鞋子，打開鞋櫃，換上拖鞋的聲音。接下來是媽媽走進客廳的腳步聲。

然後我們聽見媽媽的尖叫聲：「啊，你們怎麼變成這樣？」

好戲就正式開場了。首先，是我們的主題曲〈愛的禮物〉❼。由妹妹用童稚女高音開始先唱：

有一份愛的禮物，我要把它送給你……

接著由我和小潘加入。歌聲之中，先由小天使獻上包裝好的名牌衣服，再由小潘和我輪流獻上兩個包包。歌聲持續著——我們像和音天使一樣，一遍又一遍努力唱著。

媽媽驚訝地問：「衣服、包包不是捐掉了嗎？怎麼還在這裡？」

小潘說：「東西是爸爸和我們下午去義賣現場買回來的。」

「你爸爸呢？」媽媽問。

果然一切正如所料。接下來，該爸爸上場了。

「爸爸，」妹妹轉頭過去說：「媽媽叫你。」

一剎那，我們彷彿看到了聚光燈打在爸媽房間門口。

接著，房門被慢慢地打開了。

從房間裡面，走出來一個太空人裝扮的超級巨星，踩著麥可傑克遜的「太空漫步」舞步，配合音樂的節奏，往媽媽的方向靠近。

我注意到媽媽的表情是先張大了嘴巴，接著露出了驚喜的笑容。

儘管爸爸練習了一個多小時的舞步有點蹩腳，但並不妨礙劇情邁向最高潮。和音天使當然也不含糊，賣力地唱著：

創造一個愛的奇蹟，留下一個愛的回憶……

終於，太空人漫步到了媽媽面前。他打開手上的盒子，拿出一雙高跟鞋來，用大情聖唐璜的語氣說：

❼編註：〈愛的禮物〉，平尾昌晃作曲，孫儀作詞。

「請接受我的道歉，我想跟妳永遠在一起，我想讓妳快樂，讓我帶妳去月球！」

說著，爸爸單膝跪下，輕輕地抬起媽媽的一隻腳，試圖替她穿上高跟鞋。

媽媽並沒有抗拒。她先是開心地笑著，等爸爸抬起她的腳時，媽媽的臉開始扭曲，她用雙手摀住了臉龐。

淚水從她的指縫之間滿溢，流了出來。

現在爸爸替媽媽穿好了高跟鞋，站在媽媽的面前，媽媽還在流眼淚。我們的歌聲也停了下來。

客廳變得好安靜。

過了一會兒，媽媽才放下手，深吸了一口氣。

「我也有一個禮物。」她從包包拿出一張卡片，「這是我參加今天的同學會，拿回來的時空膠囊。膠囊裡面，是十五年前的我，寫給十五年後的自己的願望與期許。我想把它送給爸爸，也送給你們。」媽媽把卡片交給我，說：「大潘，你可不可以把媽媽十五年前的時空膠囊唸給大家聽。」

「嗯。」我從信封拿出卡片，開始唸：

我希望十五年後，和自己最心愛的人，一起組成家庭、一起努力、一起奮鬥、一起歡笑、一起哭泣，一起經歷生、老、病、死。

我把卡片交給爸爸，錦上添花地說：「最心愛的人，應該就是爸爸，還有妹妹、小潘和我吧？」

不過才一說完，就知道我根本是多此一舉了。

我發現爸爸只是看著媽媽，對媽媽說：「我知道，我知道，我會更努力，我一定會更努力……」

更誇張的是，媽媽也像著了魔似的看著爸爸，激動地說：

「對不起，是我太任性了。對不起……」

然後他們就抱在一起了。

他們就這樣抱了一會兒，爸爸忽然放開媽媽，轉過身來對我們說：「喂，你們三個也有份啊，過來一起抱抱吧。」

我們三個人搖搖頭，全杵在那裡，拒絕加入這個high得有點過頭的純情浪漫演出。

「妹妹，過來吧！」爸爸點名妹妹。

禁不起爸爸的慫恿，妹妹撲了過去，和他們抱在一起，嚷著：「爸爸、媽媽，我好愛你們噢！」抱了一會，她又回過頭對著小潘說：「小哥，我命令你，過來愛我們。」

然後是小潘，接下來是我。很快，我們全家五個人便緊緊地抱在一起了。

「這樣吧，」爸爸說：「你們去把你們拍賣買回來的公仔，還有沒吃完的巧克力統統拿出來，我們一起合拍一張新的家庭照吧！」

於是，沒多久，太空人拿著月球土地契約證書，媽媽全身盛裝外加名牌包包、鞋子，小天使抱著Hello Kitty，小神仙抱著變形金剛，大神仙抱著巧克力，大家全對著相機鏡頭傻笑。

爸爸問：「這樣高興不高興？」

我們全肆無忌憚、張牙舞爪、笑得東倒西歪地說：「高興！」

咔嚓。

「真的高興嗎？」

「真的!!」

又是咔嚓！咔嚓！

就這樣，我們有了許多有史以來，世界宇宙最歡樂、神聖、浪漫、可愛、無敵的全家大合照。

04 第四章 CHAPTER FOUR

雖然活在地球上，但月球是我的保證。
哪怕再多的承擔、再大的重量，
我都會記住當初我們在一起的時候，
我心目中愛情的樣子。
我要竭盡一切，讓妳快樂。
我要帶妳去月球。

30

一個禮拜之後的星期天，我們全家一如往常一樣的在餐桌前吃著早餐。媽媽忽然問爸爸：

「聽說，你送我的月球土地契約證書可以許願。」

「當然。」爸爸說。

媽媽走回房間去，把那張證書拿了出來，放到餐桌上。

「就這樣對著它直接許願嗎？」

「不行，妳必須先唱跟月亮有關的歌才行，唱得越虔誠、越投入，感應就越靈。」

「真的、假的？」媽媽問：「那你中獎那次唱的是什麼歌？」

「〈帶我去月球〉，」爸爸說：「妳不一定要跟我一樣，妳可以唱自己的歌。」

「我當然唱跟你不一樣的。」媽媽想了想說：「好了。」

「好了就開始唱啊。」

媽媽站了起來。她深吸了一口氣，開始唱：

有一個風雨的夜晚，我正在回家的路上⑧……

「那是什麼歌？」妹妹小聲地問我：「怎麼沒聽過？」

「很有名啊，」我說：「〈我愛月亮〉。」

才說著，媽媽就開心地高歌起來了。

假如我是一個月亮，我願意高高掛天上……

看媽媽手舞足蹈的賣力演出，我們只好跟著用力地打拍子，好不容易媽媽終於把整首歌唱完，滿身大汗地坐了下來。

「現在可以許願了嗎？」

「可以。」爸爸說：「妳要說大聲一點，月亮才聽得到。」

媽媽點點頭，雙手合十，準備開始許願。

爸爸提醒她：「只能是物質界的願望噢，不可以什麼國泰民安，或者幸福喜樂這類的。」

「噢。」媽媽低下了頭，想了一會兒，氣勢十足地說：「月亮啊月亮，請你也送給我一大筆錢吧！」

儘管我們聽了差點昏倒。不過爸爸卻說：「雖然俗氣，不過很實用。」

「怎麼錢還沒有送來？」媽媽看了看天花板的方向。

「要等一下，不會這麼快。」
「是嗎？要等多久？」
「不一定。」
「噢，」媽媽忽然想到什麼似的，又問：「對了，上個禮拜你哪來的錢去把我們捐出去的衣物都買回來啊？」
「呃……是一些過去投資股票的錢。」我看到爸爸臉上露出了一絲絲驚慌的神色。「對了，你們同學靜心不是失戀了嗎？她現在有沒有男朋友？」看得出來爸爸故意引開話題，免得不小心誤觸了什麼不必要的地雷。
不過媽媽似乎一點也不介意。「沒有啊。怎麼了？」
「我有個高中同學，人品不錯，目前正在尋找真愛，我看靜心跟他滿合適的。」
「靜心？」媽媽說：「你不是說靜心是白癡，還說，追她的男人都是白癡嗎？怎麼現在又改變了？」
「靜心啊……不錯啊，因為……」
「因為怎麼樣？」
「因為她很有愛心啊，」爸爸說：「把皮包捐給慈善團體義賣，她很有愛心，所以我的印象

❽編註：〈我愛月亮〉，岳勳作詞、作曲。

改觀……」

「我問你，你的同學有沒有錢？」

「有錢，」爸爸說：「非常有錢。」

「有錢就麻煩了，」媽媽說：「這次靜心不要找有錢的了，她要找的是真愛……」

「啊，有錢不行？這倒少見了。」爸爸抓了抓頭說：「可是，錢不是問題啊，我可以讓我同學裝窮……」

正說著，電話響了。媽媽轉身接起了電話。

「喂？是。這裡是……嗯？我沒有啊。你說我先生……他是潘大鵬沒錯。他要那個幹什麼？你等一下。」媽媽捂住電話話筒，回過頭狐疑地問：「電器行說舊電視找到了。奇怪，那台舊電視不是丟了嗎？你去找它幹嘛？」

「妳剛剛不是許願，請月亮給妳一筆錢？」

媽媽點頭。

「月亮派人送錢來了。」

就在媽媽滿臉都是莫名其妙的表情時，爸爸得意地站起來，從媽媽手中接過了電話。

「喂。」他說：「我是潘大鵬。」

0001902
02

巨變時代，
擁有8種最迫切競爭力的關鍵態度，
為人生畫上驚嘆號！

不乖——比標準答案更重要的事

從小到大我們一直被要求做乖寶寶、乖學生，最好大家都一輩子照著主流價值觀活到老、乖到老！那麼，為什麼現在卻反過來要「不乖」？

當然，你也可以選擇繼續乖下去，但有太多疑問在等待我們去挖掘，有太多挑戰在考驗我們的應變力，有太多刺激在拓展我們的視野，而「乖」可能會讓你無法適應波動激烈的時代，「乖」可能逼你在遭遇挫折時選擇放棄……這樣的乖，怎麼會有進步的空間？人生怎麼可能獨一無二、精采好玩？

試著用「不乖」的角度想想：為什麼「認真」拚不過「迷戀」？失敗又怎麼會比成功好？為什麼我們總是用「別人的腦袋」，而不是「自己的腦袋」想事情？為什麼「視野」遠比「眼界」更重要？……

讓我們跟著侯文詠一起想想，在一個今日的標準答案很快就會被明日取代的巨變時代中，如何突破那些別人給的標準答案，進而培養出適應變動的競爭力，追求真正屬於自己的答案，並且開創出自己想望的人生！

不需讀文言文，
輕鬆看侯文詠再現《金瓶梅》的高潮迭起！
華文史上最譏諷、最驚悚、最背德、
最黑暗的人性故事……

沒有神的所在——私房閱讀《金瓶梅》

我很難形容閱讀《金瓶梅》時那種被撼動的感覺。似乎隨著年紀、眼界增長，「內心撼動」這種感覺愈來愈難。但在閱讀《金瓶梅》的過程中，我卻重新經歷了一次年少初次讀好小說時的震撼——著迷、讚歎、眩惑與不可自拔。

——侯文詠

一般人的印象裡，《金瓶梅》是本帶著情色意味的「禁書」，但它卻與《西遊記》、《水滸傳》、《三國演義》並列為中國四大奇書。到底這本「奇書」的價值何在？大家始終不甚明瞭。年少時的侯文詠也是這樣，一直要到閱歷增長的幾十年後，他才讀懂了《金瓶梅》的浩淼；震撼之餘，侯文詠用淺白幽默的文字，將書中的精采情節用一個個角色串連起來，並剖析人物的複雜心態、故事的藝術價值，以及風月背後真正的意涵，帶領讀者輕鬆踏進這個「沒有神的所在」，重新發掘《金瓶梅》更多層次、更多面向的閱讀興味，從而也看盡了人性的百樣百態。

國家圖書館出版品預行編目資料

帶我去月球 /侯文詠 著.
-- 初版. -- 臺北市：皇冠, 2011[民100]
面；公分. --（皇冠叢書；第4101種）
（侯文詠作品；16）
ISBN 978-957-33-2783-7（平裝）

857.7　　　　　100003268

皇冠叢書第4101種
侯文詠作品 16
帶我去月球

作　　者—侯文詠
發 行 人—平雲
出版發行—皇冠文化出版有限公司
台北市敦化北路120巷0號
電話◎02-27168888
郵撥帳號◎15261516號
皇冠出版社(香港)有限公司
香港上環文咸東街50號寶恒商業中心
23樓2301-3室
電話◎2529-1778　傳真◎2527-0904
美術設計—王瓊瑤
印　　務—林佳燕
校　　對—鮑秀珍・陳秀雲・金文蕙
著作完成日期—2009年05月
初版一刷日期—2011年04月
初版八刷日期—2017年12月
法律顧問—王惠光律師

讀者服務傳真專線◎02-27150507
電腦編號◎010015
ISBN◎978-957-33-2783-7
Printed in Taiwan
本書定價◎新台幣280元/港幣93元